La malédiction

de l'œil bleu

Sébastien GUILLEUX

Achevé d'imprimer en avril 2018

ISBN : 978-23-22118-41-0

Dépôt Légal : avril 2018

Prix TTC : 12€

RESUME DU FANTÔME DE ROMAIN STERN

Après la découverte du cadavre de Romain Stern, un détective, flottant dans la Seine. Laurène Hugues, son associée, mène l'enquête parallèlement aux policiers Martin Mérier et Valentine Rano. La détective découvre ainsi que son partenaire n'était autre que le célèbre fantôme noir, un justicier des temps modernes. Cependant, Laurène se rapproche intimement du commandant Mérier, qui ne reste pas insensible à son charme. Elle décide de protéger le secret de feu son associé et ne dévoile rien aux policiers. Son enquête l'amène à rencontrer Simon Tailli, l'ami de Romain Stern et informaticien capable de tout. Aidé par celui-ci, elle découvre que son associé était victime d'un maître chanteur puis dévoile un trésor nazi caché dans le Pont Neuf parisien. Mais dans l'ombre quelqu'un tire les ficelles depuis le début : Mélanie, la secrétaire de Laurène et Romain. Son père, Laurent Vendrôme, est une victime du fantôme noir et elle est fermement décider à le venger. Voulant poursuivre les actions nocturnes de son ex-associé, la détective décide d'enfiler à son tour le costume du fantôme noir. Dans le même temps, aboutit son enquête pour retrouver la fille qu'elle a eue seize ans plus tôt lorsqu'elle a accouché sous X.

PROLOGUE

Il y a bien longtemps, au XVIIIème siècle

L'homme assis était penché sur sa loupe. Dans son sombre atelier, que seule la lumière présente sur son plan de travail éclairait, il apportait la touche finale à son œuvre. Adriaan Hals avait cinquante-huit ans, les rares cheveux qui lui restaient étaient blancs depuis longtemps. Son visage était marqué par le poids des ans, de gros cernes noircis soulignaient ses yeux. Derrière de petites lunettes ovales, son regard bleu perçant admirait le travail qu'il venait d'accomplir. Il le savait depuis qu'on lui avait apporté la gemme, ce serait la plus belle œuvre de sa vie. La pierre était la plus grosse qu'il n'avait jamais manipulée. Quelques mois auparavant, un esclave l'avait trouvée dans une mine de diamant près de Golkonda. Pour le remercier de cette belle découverte, le pauvre homme avait été abattu et jeté dans le Krishna. Habituellement, les pierres sont vendues lors du marché au diamant de Golkonda, mais pour cette pierre exceptionnelle, la procédure avait été différente. Celle-ci avait été vendue par le sultan lors d'une mise aux enchères extraordinaire. C'est le comte de Lally-Tollendal, gouverneur général de l'Inde française qui l'avait emporté. Il voulait faire un cadeau à la marquise de Pompadour grâce à qui il avait obtenu ce poste.

Adriaan Hals avait taillé ce diamant en double rose couronnée, respectant au maximum la forme primitive de la gemme. Après avoir soufflé dessus et s'être essuyé les mains sur son tablier, il porta la pierre devant ses yeux. Elle était resplendissante avec ses quarante-huit facettes irrégulières et son teint légèrement bleuté. Un minuscule défaut de la gemme apparaissait au centre, il s'agissait d'une petite tâche sombre. En regardant la pierre en face, on pouvait facilement imaginer un œil avec sa pupille. Le joaillier avait dans les mains la plus belle œuvre de sa vie. Il pensa à l'avenir de cette pierre. Elle allait assurément attiser les convoitises. Les femmes et hommes qui la porteraient allaient sûrement être des personnes influentes. On tuerait pour avoir ce joyau ! Et c'est lui, Adriaan Hals qui en était le créateur. Bien sûr, à ce moment là, il ne savait pas que ce diamant porterait malheur à ses propriétaires. A ce moment là, il ne pouvait pas imaginer que cette pierre allait laisser, derrière elle, des dizaines de cadavres. A ce moment là, il ne savait pas qu'il serait la première victime. Et pourtant, c'est à ce moment là, qu'il fût saisi d'une violente crise cardiaque. Il tomba de son tabouret en serrant le diamant de toutes ses forces. Il venait d'accomplir, à la fois, sa plus belle réussite, et sa pire création. On le découvrirait le lendemain allongé, ici, sur le sol de son atelier avec sa dernière œuvre dans la main droite. Adriaan Hals était la première victime. La malédiction de l'œil bleu débutait.

***

Il y a 16 ans, Hérouville-Saint-Clair

Joyeux anniversairrrre,

Joyeux anniversairrrre,

Joyeux anniversaire FX !

- Waouh ! A tes dix-huit ans, elle déchire ta soirée FX, criait Laurène.

- C'est de la balle, renchérit Noémie.

Les bougies à peine soufflées, le DJ remonta le son avec les Daft Punk et leur *One more time,* entraînant l'hystérie de la trentaine d'invités présents. Dans le sous-sol de la maison de FX, la fête battait son plein. Les trois quarts des invités étaient bien alcoolisés et ils étaient décidés à se faire entendre par tout Hérouville-Saint-Clair. Minuit était passé depuis une bonne demi-heure et le gâteau était à peine entamé, il avait juste servi de support pour les bougies quelques minutes plus tôt. Une bonne partie des jeunes dansait comme des furieux. Seuls quelques uns étaient restés près de la table qui servait de bar après qu'FX ait soufflé ses dix-huit bougies.

- Tu veux du gâteau Laurène ? demanda le roi de la soirée en élevant la voix pour qu'on l'entende.

- Non mais je veux bien que tu m'embrasses, répondit-elle enhardie par l'alcool.

- Ma copine est juste à côté, désolé, répondit-il en levant les deux mains.

- Bon, sers-moi un whisky-coca !

- Ok, je te prépare ça.

Le jeune majeur lui servit un grand verre avec trois quarts de whisky et le reste de coca. Laurène le remercia et avala la moitié du verre d'un seul coup. Elle était amoureuse de FX. Il était beau garçon avec ses cheveux châtains et ses yeux bleus, il lui faisait penser à Jude Law. Laurène était belle avec ses cheveux également châtains, ses yeux verts et ses tâches de rousseur. Ensemble, ils pouvaient faire un joli couple. Malheureusement pour elle, il avait déjà une copine. Aurélie Robert, la pétasse du lycée. Une fausse blonde, toujours perchée sur des talons et avec une tonne de fond de teint. Un genre de poupée Barbie humanisé. Mais avec un pois chiche à la place du cerveau. Poufiasse !

- Tu viens danser Laurène ? demanda Paul.

Le voilà qui recommence celui-là, se dit Laurène. Paul était plutôt Mr. Bean que Jude Law. Mais même avec sa drôle de tête, il avait un charme... surtout après avoir ingurgité plusieurs whisky-coca. Bon, comme son FX était pris, elle se résolut à danser avec lui.

- Pourquoi pas, mais je finis mon verre d'abord !

- Alors trinquons ensemble.

Ils levèrent leur verre d'un même mouvement et burent cul-sec ce qu'il leur restait. Ils se dirigèrent d'une démarche mal assurée vers le groupe qui dansait et se mirent à sauter dans tous les sens… au détriment du rythme.

- Tu sais que t'es mignon toi, cria Laurène dans l'oreille de Paul.

Ce dernier n'en revenait pas et il n'eut même pas le temps de répondre que sa partenaire l'embrassa, la langue tournant vigoureusement.

- Bah allez-y, ne vous gênez pas, leur dit une voix derrière eux.

- Il y a des hôtels pour ça, dit une autre voix.

Tous les deux s'en fichaient et continuaient à s'embrasser langoureusement, jusqu'à ce que Noémie arrive à les décoller. Elle avait les cheveux longs, brun et un style légèrement gothique. Elle et Laurène étaient copines depuis la cinquième.

- Qu'est que tu fous avec Paul ?

- Je l'embrasse pourquoi, répondit Laurène avec un sourire béat.

- Je croyais que ta cible c'était FX…

- Impossible, il y a sa copine.

- Bon, allons prendre l'air.

- Attends, je reprends un verre.

- Tu ne crois pas que tu as assez bu ? demanda Noémie avec un air de reproche.

- Ça va, fiche moi la paix, je bois si je veux, répondit Laurène en s'écartant maladroitement.

Elle alla prendre un verre de vodka orange et retourna danser avec les autres devant une Noémie fâchée.

Il était près de deux heures du matin et la soirée était loin d'être finie. Dans une des chambres de l'étage, deux silhouettes s'embrassaient fougueusement sur un lit. L'adolescent glissa la main sous le t-shirt de la jeune femme et lui pelota les seins. Elle défit le bouton du pantalon de son partenaire et le lui retira. Mutuellement, ils continuèrent de se déshabiller aussi adroitement qu'ils le pouvaient car ils étaient fortement alcoolisés. Ils firent l'amour de manière assez bestiale. Cela ne dura que quelques instants et ils n'en éprouvèrent aucune jouissance. Une fois leur petite affaire accomplie, ils se rhabillèrent sans tarder et retournèrent à la fête.

Le lendemain, Laurène se réveillerait avec la gueule de bois.

Le lendemain, elle ne se souviendrait plus de cet instant.

Le lendemain, elle ne se douterait pas que cette nuit-là avait changé sa vie.

Et pourtant, neuf mois plus tard, elle accoucha d'une petite fille.

Une fille qu'elle n'était pas destinée à revoir.

Une fille qui vivrait dans une autre famille.

Une fille qui allait devenir celle d'une autre.

1

De nos jours, Le Vésinet

Océane Cansi discutait avec ses amies au parc du grand lac des Ibis. Il faisait très beau en ce début d'automne et elles s'étaient assises dans l'herbe, au bord de l'eau. Océane tirait une taffe sur sa clope entre deux rires. Vêtue d'un t-shirt blanc moulant et d'un jean, elle était belle et rayonnante. Elle avait une fine silhouette avec des cheveux châtains coupés au carré. Leur petit groupe venait dans ce parc après les cours dès qu'il faisait beau. Elles venaient critiquer les professeurs et parler mecs. Ce qu'elles ne savaient pas, c'est que de temps en temps quelqu'un les regardait.

Depuis l'autre rive, assise sur un banc, Laurène Hugues observait les adolescentes. Ou plutôt, elle observait une adolescente, Océane Cansi. Sa fille. Celle à qui elle avait donné naissance seize ans plus tôt. Depuis six mois, Laurène connaissait son identité. Depuis six mois, elle venait régulièrement ici, l'épier en secret. Le hasard avait voulu qu'Océane soit la fille adoptive d'Antoine Cansi, nom d'un des dossiers du fantôme noir. M. Cansi était entrepreneur et le propriétaire de la grande entreprise de nettoyage Cansi'net.

Romain Stern n'avait pas eu le temps de s'attaquer à lui. Dans un sens, c'était une bonne chose, se disait Laurène toujours attristée par la disparition de son associé.

Depuis six mois, elle avait continué l'activité de l'agence de détective S&H, bien que Romain ne soit plus là. Après la trahison et le départ de sa secrétaire Mélanie, elle en avait recruté une autre : Margot Ravier. Les affaires marchaient très bien. Laurène avait également poursuivi les activités nocturnes de Romain : celles du fantôme noir. Les journaux en faisaient leurs choux gras. Que de scandales et d'affaires révélées grâce à ses actions. Les journalistes se frottaient les mains et les policiers étaient tournés en ridicule. D'ailleurs, Laurène n'avait pas beaucoup revu Martin Mérier, commandant de police de la brigade criminelle. Ils avaient dîné ensemble quatre fois en six mois, mais leur relation en était au statu quo, la détective ayant peu de temps à y consacrer, entre l'agence, le fantôme noir et la recherche de Mélanie. Cette dernière semblait avoir totalement disparu. Pourtant Laurène avait le pressentiment qu'elle n'était pas loin, qu'elle attendait quelque chose, une occasion d'assouvir sa vengeance bien que la détective ne soit pour rien dans les actions de Romain. En attendant, la jeune femme profitait de cette belle journée pour admirer sa fille. Elle semblait heureuse, et c'était cela l'essentiel.

Laurène aurait bien voulu lui parler. Mais comment faire ? Océane avait-elle envie de connaître sa mère biologique ? Devait-elle rencontrer les parents adoptifs avant ?

La détective était douée pour résoudre des énigmes et des affaires criminelles mais là, elle était totalement désarmée.

Le soleil commençait à décliner, le groupe d'adolescentes se leva pour rentrer chez elles. Océane habitait tout près dans une superbe villa. Elle allait y retrouver ses parents, ses parents adoptifs. Ses vrais parents ?

Laurène se leva également pour repartir et rejoindre son domicile à Puteaux. Elle marchait lentement. Elle aurait bien voulu observer sa fille quelques instants de plus. La voir rire. La voir heureuse. Que pouvait-elle lui apporter de plus ? Laurène n'avait pas sa place auprès de cette ado. Toutes ces réflexions rendaient la détective mélancolique. Soudain, plongée dans ses pensées, elle percuta une personne en passant sur le pont pour sortir du parc.

- Pardon, excusez-moi, dit Laurène en étouffant le dernier mot.

Devant elle se tenait Océane.

Elle faisait face à sa fille. Celle-ci était légèrement moins grande que sa mère biologique mais les traits du visage étaient semblables.

- Il faut regarder où vous mettez les pieds madame, lui répondit l'adolescente.

La détective était gênée et ne savait quoi répondre. Elle n'osait pas la regarder en face et pourtant elle avait une folle envie de la détailler, de la prendre dans ses bras.

Elle n'en fit rien et s'en alla sans dire un mot, pressant le pas.

- Drôle de femme, dit en rigolant Fanny, une des copines.

Les filles éclatèrent de rire sauf Océane qui marchait devant. La vision de cette dame la perturbait. Elle n'arrivait pas à savoir pourquoi. L'avait-elle déjà vue ? Etait-ce son comportement étrange qui l'avait dérangée ? La jeune Cansi essaya d'oublier cet incident et rentra chez elle après avoir quitté ses copines.

Laurène également était très déstabilisée par cette rencontre. Elle était perdue sur la conduite à tenir désormais. Elle monta dans sa fiat 500 blanche qui était garée non loin et prit la route pour Puteaux.

A une dizaine de mètres derrière la place de parking vide, se tenait une silhouette qui avait suivie Laurène depuis son arrivée au Vésinet.

Elle avait tout vu.

Elle savait tout.

Mélanie pourrait bientôt passer à l'action.

2

L'agence S&H était située dans un bel immeuble avenue de Wagram, non loin de l'arc de Triomphe. Léonard Bardin y arriva en taxi depuis Enghien-les-Bains, où il résidait. Arrivé au deuxième étage, il poussa les portes vitrées et se trouva dans une pièce chaleureuse où les murs étaient contrastés de rouge et de gris. L'homme qui avait la soixantaine, avait de longs cheveux gris et portait un sobre manteau noir. Il s'adressa à la femme qui se tenait derrière un grand bureau à droite de la pièce. Il s'agissait de Margot Ravier, la nouvelle secrétaire. Elle était brune aux cheveux courts et portait de drôles de lunettes blanches en forme de trapèze qui lui donnaient un air étrange. Sa peau halée trahissait son métissage. Elle prit la parole :

- Bonjour, vous devez être monsieur Bardin. Vous avez rendez-vous à 10h avec madame Hugues, c'est bien cela ?

- Bonjour, oui c'est ça. Je suis un peu en avance, dit-il d'une voix légèrement rocailleuse.

- Ce n'est pas grave. Vous pouvez patienter dans un fauteuil, je vais prévenir de votre arrivée.

- Merci madame.

L'homme se dirigea vers un des fauteuils pendant que la secrétaire allait vers une des portes qui faisait face à l'entrée, celle de gauche. Elle revint quelques instants plus tard accompagnée de Laurène, vêtue de son habituel tailleur. Léonard Bardin n'avait même pas eu le temps de retirer son manteau.

- Bonjour monsieur, lança la détective.

- Bonjour madame Hugues.

- Vous pouvez me suivre.

Tous les deux allèrent dans le bureau de Laurène, laissant la secrétaire retourner au sien.

Le bureau de la détective n'était pas très spacieux. Il faut dire qu'une grande armoire remplie de dossiers prenait quasiment tout le côté gauche. Une porte à droite menait à l'autre pièce, vide depuis la mort de Romain. Un meuble blanc séparait l'espace en deux. D'un côté, un fauteuil gris foncé confortable pour Laurène et de l'autre deux chaises rouges pour les clients. Bardin retira son manteau et s'assit sur une des chaises pendant que la jeune femme prenait place sur son siège.

- Alors monsieur, qu'est-ce qui vous amène ici ?

- Je souhaite vous confier une mission importante.

- Expliquez-moi ? demanda la détective intriguée.

- Connaissez-vous l'œil bleu ?

- Non, de quoi s'agit-il ?

- Il s'agit d'un des plus beaux diamants au monde… et des plus dangereux aussi.

- Dangereux ?

- Il a causé la mort de presque tous ses propriétaires depuis son existence.

Laurène ricana.

- Une légende sûrement, dit-elle d'un ton moqueur.

- Ou une véritable malédiction. Ne riez pas madame.

- Oui, veuillez m'excuser, dit Laurène en reprenant son sérieux.

- Sa première victime était le tailleur de la pierre lui-même, Adriaan Hals. La deuxième victime fût le tout premier propriétaire, le comte de Lally-Tollendal. Il a commencé à enchainer des défaites lors de sa conquête de l'Inde quand il l'a eu en main. Le pauvre n'a même pas pu l'offrir à la marquise de Pompadour à qui il le destinait. Il a été décapité avant de l'avoir revue.

- Pas très joyeux comme histoire.

- La suite est du même acabit. Je vous en épargne les détails. Sachez seulement, que ma famille l'a possédé au siècle dernier. Mon grand-père, ne voulant pas être une nouvelle victime de l'œil bleu l'a offert au musée du Louvre dans les années soixante.

- Et qu'attendez-vous de moi ?

- J'organise une soirée de charité dans deux semaines en faveur des familles de victime d'attentat. Pour l'occasion, je monte une exposition de ma collection de famille. J'ai obtenu l'accord du Louvre pour exposer l'œil bleu le temps d'un weekend dans mon manoir d'Enghien-les-Bains. Votre agence dispose d'une bonne réputation et je souhaite que vous assuriez la protection du diamant. De sa sortie du Louvre jusqu'à son retour au musée.

L'homme marqua une pause, puis reprit :

- Seriez-vous d'accord ?

Laurène prit le temps de la réflexion. Elle n'avait jamais eu ce type d'affaire auparavant et celle-ci allait, de toute évidence, être médiatisée. Ne risquait-elle pas d'être trop exposée ? Elle finit par dire :

- J'accepte mais compte-tenu de la réputation de cette pierre, vous pensez vraiment que quelqu'un voudrait la voler ?

- C'est la première fois depuis cinquante ans que le diamant va sortir du Louvre et une légende circule à son sujet... Cette pierre serait la clé vers un trésor inestimable.

- Comment ça ? demanda la jeune femme intriguée.

- Je n'en sais pas plus. C'est ce que j'ai pu entendre sur le sujet, dit Bardin. Mais bien sûr, personne n'a jamais trouvé de trésor. A mon avis, il s'agit de l'œil bleu lui-même.

- Bon, je vais m'occuper personnellement de la protection de la pierre. Cependant, pourriez-vous me communiquer les plans de votre propriété s'il vous plait ?

- Oui, je vous les ferai parvenir très vite. Auriez-vous besoin d'autre chose ?

- Oui, dit Laurène en réfléchissant. Je vais également avoir besoin de la liste et des CV de votre personnel. Combien sont-ils ?

- Quatre. Mais pourquoi cela ?

- Il me faut prendre toutes les précautions.

- Très bien, je vous enverrai leurs identités.

- D'autres personnes habitent votre manoir ?

- Ma femme, Elisabeth et c'est tout. Mes enfants n'y vivent plus.

- Très bien. J'attends de recevoir vos éléments et je m'occupe de tout ça.

L'entretien prit fin et Laurène raccompagna M. Bardin à l'accueil où Margot lui donna les coordonnées de l'agence pour l'envoi des éléments. La détective se dit que cette affaire allait nécessiter un peu d'aide extérieure. Elle devrait contacter Simon Tailli pour installer le système de sécurité. Depuis l'enterrement de Romain, l'informaticien l'avait déjà bien aidée sur quelques dossiers et surtout, il secondait le fantôme noir. Simon était un homme sur qui on pouvait compter, même si son fils de neuf mois l'occupait bien depuis que sa femme avait repris le boulot.

***

Ouiiiiin,

Ouiiiiin,

Ouiiiiin…

Difficile de se concentrer sur les plans du manoir avec tout ce vacarme. Laurène et Simon travaillaient depuis une heure. Mais ce soir, Gabriel ne voulait pas dormir… Au grand dam de son père.

- Je suis désolé, il faut que j'y retourne, dit l'informaticien.

- Vas-y, je continue sans toi.

La femme de Simon était infirmière et elle était de garde ce soir. Dans deux jours, l'œil bleu allait sortir du musée et Laurène n'était pas encore prête. Dans le salon, les plans de la propriété de Bardin occupaient toute la table basse. La détective était à genoux face à une grande télé sur laquelle était également affiché le plan en version numérique.

Avant d'être interrompus, ils étaient en train de peaufiner le placement des caméras. Celui des détecteurs de mouvement restait à faire. Ils devaient absolument clôturer ce travail ce soir car ils avaient accès au manoir dès le lendemain pour tout y installer.

- Bon, on va devoir continuer à trois, dit Simon en revenant avec Gabriel dans les bras.

- Petite terreur, dit Laurène en faisant une grimace au bébé.

Elle l'avait vu pour la première fois seulement quelques semaines auparavant, bien qu'elle côtoyât l'informaticien depuis la mort de Romain. Les premiers mois, Laure, la femme de Simon, avait souvent été chez ses parents avec Gabriel car elle reprochait à son mari d'être un mauvais père. Le pauvre n'ayant même pas eu un mot à dire. Depuis, l'informaticien avait fait ses preuves et il ne jouait presque plus aux jeux vidéos pour bien s'occuper de son garçon, qui lui ressemblait fortement. Il avait les mêmes cheveux bond et les mêmes yeux bleus. Seuls, lui manquaient les vêtements aux couleurs des super-héros. Son pyjama portait simplement le joli dessin d'un ours. Derrière sa tétine, Gabriel dessinait un grand sourire avec ses lèvres. Il était content de participer à cette réunion. Simon et Laurène se remirent donc au travail sous l'œil vif de l'enfant. Après seulement une demi-heure, le bébé s'était endormi dans le canapé usé mais la sonnerie du téléphone de la détective le réveilla soudainement. La jeune femme prit son portable sur la table et regarda le numéro, il s'agissait d'un inconnu. Elle décrocha pendant que Simon partait calmer son fils dans une autre pièce.

- Ça faisait longtemps, non ?

C'était Mélanie !

3

Laurène était sortie de l'appartement de Simon. Elle se trouvait dans un sombre couloir.

- Qu'est-ce que tu me veux ? demanda sèchement la détective.

- Tu m'as l'air agitée… dit Mélanie avec un air narquois.

- Romain est mort, ça ne te suffit pas ?

- Le fantôme noir n'est pas mort et c'est lui que je veux détruire.

Le ton était menaçant et Laurène n'aimait pas ça. Pourquoi l'appelait-elle bon dieu ?

- C'est moi qui vais te détruire Mélanie, répondit-elle méchamment.

- Il faudrait déjà que tu me trouves…

Un silence se fit, puis l'ancienne secrétaire reprit :

- Tu vois bien que j'ai une longueur d'avance sur toi.

- Que veux-tu ? demanda la détective agacée.

- Ça tient en deux mots : œil et bleu !

- Quoi ?

- Je veux que tu voles l'œil bleu.

- T'es complètement cinglée ! Et pourquoi je ferais ça ?

- Parce que tu aimes ta fille.

Le monde s'écroula autour de Laurène. Son teint devint livide, elle dût s'adosser au mur pour ne pas défaillir. Mélanie avait raccroché et seule une tonalité monocorde émanait du téléphone. Mais la dernière phrase retentissait inlassablement dans l'esprit de la jeune femme. Elle en aurait pleuré mais n'y réussit pas.

Parce que tu aimes ta fille.

Une phrase pleine de contradictions. La phrase elle-même évoquait l'amour, la tendresse. Mais dans de telles circonstances et sortant de la bouche de cette femme, elle était chargée de haine et de méchanceté. Amour et haine dans cette simple phrase.

Parce que tu aimes ta fille.

- Laurène ça va ?

Simon était arrivé dans le couloir. Elle ne l'avait pas vu car il faisait bien sombre. Elle reprit doucement ses esprits.

- Oui, ça va, mentit-elle. On peut y retourner.

- C'était qui ? Tu es toute pâle.

- C'est parce que j'ai faim, dit-elle avec un léger sourire.

- J'ai des pizzas dans le frigo, suis-moi.

***

Le lendemain matin, Laurène et Simon arrivèrent devant la grande grille du manoir. Derrière les barreaux, on voyait la belle bâtisse au fond d'une grande cour. Elle disposait de trois niveaux. Un large escalier pyramidal permettait d'accéder à la porte d'entrée située au-dessus d'un rez-de-jardin. Celui-ci était composé d'un garage à droite, on pouvait y voir la porte d'accès et à gauche, deux larges fenêtres donnaient sur les caves. De part et d'autre de la grande porte d'entrée à colonnades se trouvaient deux imposantes lanternes et de grandes baies vitrées. A l'étage supérieur, se voyaient quatre fenêtres de belle taille. Le toit était plat et semblait accessible via le dernier étage. Il était entouré d'une large rambarde. Ce qui impressionnait, outre la taille du manoir, c'était la blancheur de la pierre utilisée. Ce jeudi matin, le soleil donnait directement sur l'entrée et le reflet de la lumière sur la pierre éblouissait. Ayant le plan en tête, Simon et Laurène n'eurent aucun mal à savoir sur quelles pièces donnaient les fenêtres.

Après s'être présentés à l'interphone, la grille s'ouvrit dans un bruit métallique. Le couple avança dans la cour bordée de hauts et larges sapins et entièrement pavée. Tout était très calme au point qu'ils sursautèrent lorsque la grille se referma derrière eux. La détective ouvrait la marche et se dirigea sans tarder vers l'escalier. La porte d'entrée s'ouvrit et une vieille dame apparut. Il s'agissait de Roselyne Colomb, la gouvernante. Dans sa longue robe vert foncé, un peu vieillotte, elle paraissait grande et très maigre. Blancs, ses cheveux étaient ramenés en chignon derrière sa tête. Son visage était pâle et osseux, ce qui n'inspirait pas la sympathie. Cependant, un sourire se dessina sur son visage et d'une petite voix elle souhaita la bienvenue aux deux arrivants qui lui rendirent son bonjour.

- Monsieur Bardin est à son bureau, je vais vous y conduire, dit la gouvernante.

Tous les trois traversèrent un grand hall qui paraissait sombre compte-tenu de la luminosité à l'extérieur et débouchait en face, sur le jardin. Celui-ci amenait directement à un ponton sur le lac d'Enghien. Cet accès était d'ailleurs considéré, par Laurène, comme un point faible pour la protection du diamant. Le bureau était situé au fond à droite près de l'escalier. La pièce dans laquelle ils entrèrent n'était pas très grande mais paraissait chaleureuse et moderne. Bardin, en chemise blanche avec les manches retroussées, les attendait derrière son bureau. Les salutations faites, Laurène entama :

- Nous allons devoir rentrer notre camionnette dans la cour pour décharger le matériel.

- Très bien, nous vous ouvrirons les grilles, dit le propriétaire des lieux. Mais d'abord suivez moi, je vais vous montrer où va être exposé le diamant.

Ils suivirent Bardin qui se dirigea au centre de la galerie d'entrée. L'endroit était conforme aux plans qu'il avait fournis à Laurène.

- C'est ici qu'il faudra mettre le présentoir, dit-il.

- Comme je vous l'ai déjà précisé, dit Laurène, ce n'est pas l'endroit le plus facile à garder. Nous nous situons au centre d'un grand lieu de passage. On peut y accéder de n'importe où. J'aurais préféré mettre le diamant dans le salon.

Le salon était une grande pièce située juste avant l'escalier non loin du bureau.

- Je vous paye pour le protéger. Dans n'importe quelle condition, madame, se fâcha Bardin.

- Ne vous énervez pas, je vous donnais juste mon avis, calma la jeune détective.

- Oui, veuillez m'excusez... C'est que cette histoire me met sur les nerfs. Ma femme trouve qu'il serait mieux en valeur à cet endroit et je suis d'accord avec elle.

- Bon je crois qu'il est temps qu'on se mette au travail, Laurène si l'on veut être prêt ce soir, dit Simon.

- Oui, allons chercher la camionnette.

En repartant ils croisèrent Sarah, la femme de ménage. Elle devait avoir entre quarante et quarante-cinq ans, avait des cheveux très noirs attachés en queue de cheval. Elle avait des cernes sous ses yeux bruns et paraissait fatiguée. Elle leur avait adressé un timide bonjour. Cette femme ne semblait pas très heureuse.

La matinée passa très vite pour Laurène et Simon. Ils n'avaient même pas fini d'installer les détecteurs de mouvement lorsque Roselyne vint leur proposer le déjeuner. Ils acceptèrent sans problème car leurs estomacs criaient famine.

Arrivés dans la salle à manger, ils furent présentés à Marius, le jardinier. C'était un homme corpulent d'une cinquantaine d'années. Il avait une chevelure poivre et sel en pagaille et de gros sourcils qui lui donnaient un air bourru. Il ne resta pas pour le déjeuner.

La salle à manger était une grande pièce qui faisait face au salon situé de l'autre côté du hall d'entrée. Elle était décorée de toiles représentant des paysages marins. La détective et l'informaticien s'étaient assis en face de Bardin au centre d'une longue table. Sa femme Elisabeth ne rentrait pas pour le déjeuner, elle était partie pour la journée à Paris. Mélissa, la jeune cuisinière, leur apporta un filet mignon aux épices avec une purée de patates douces. Le plat avait l'air succulent.

- Après le repas, dit Bardin en commençant son plat, je vais vous montrer votre chambre pour demain soir madame Hugues. M. Tailli, aurez-vous besoin d'une chambre également ?

- Non merci, je ne pourrais pas rester la nuit, répondit l'informaticien.

- Il doit garder son fils, je veillerai donc une bonne partie de la nuit, renchérit Laurène.

- Nous veillerons tous les deux, madame, si vous souhaitez dormir un peu.

- Merci, mais normalement il n'y a pas besoin de veiller avec le système de sécurité que nous mettons en place. Par acquit de conscience, je garderais un œil ouvert sur la pierre.

- Très bien, nous verrons tout cela demain. Souhaitez-vous rester dormir ici ce soir également ?

- Non, répondit la détective, j'ai besoin de repasser à mon agence. Je rentrerai donc en fin d'après-midi, si nous sommes prêts.

Laurène adressa un sourire à Simon. Il leur restait encore pas mal de travail à accomplir.

Après le déjeuner, Léonard Bardin accompagna Laurène dans une des six chambres de l'étage. Il s'agissait d'une pièce de quinze mètres carrés avec une ambiance naturelle. Des cadres représentant des végétaux et des fleurs étaient accrochés aux murs.

- Cette chambre n'a pas de salle de bains privative, vous devrez utiliser celle située à côté de l'escalier, précisa le propriétaire.

- Aucun problème, il ne s'agit que de deux nuits.

Laurène alla retrouver sans tarder Simon qui commençait à installer les caméras.

L'après-midi passa encore plus rapidement que la matinée. Et l'installation du système de sécurité ne prit fin que vers 19h avec la mise en place de la vitrine spéciale.

C'est à ce moment que revint Elisabeth, la femme de Bardin qui se présenta. C'était une élégante femme blonde au teint bronzé, sans doute dû à quelques séances d'UV. Elle devait avoir la soixantaine mais en paraissait dix de moins grâce à la magie de la chirurgie esthétique. Elle avait un air hautain qui déplut fortement à Laurène. Celle-ci perdît encore du temps à lui détailler l'ensemble du système car madame Bardin, selon ses propres mots, n'avait pas confiance.

- Etes-vous rassurée madame ? demanda sèchement la détective

- Hum, nous verrons bien d'ici dimanche.

Connasse !

***

Laurène avait déposé Simon devant chez lui et durant le trajet ils avaient bien rigolé en imitant l'air supérieur de madame Bardin. C'était leur façon de décompresser avant le gros week-end qui les attendait. Laurène allait passer les trois prochains jours avec l'œil bleu. De son côté, Simon resterait chez lui et observerait la vie du manoir sur les écrans de son salon. Avec un tel système, l'œil bleu ne pouvait pas s'envoler.

La jeune femme arriva chez elle vers 21h. Rincée par sa journée, elle se dirigeait vers la cuisine pour aller se préparer à manger lorsque son téléphone sonna. Elle avait reçu un message. Encore un numéro inconnu, ce n'est pas bon signe, se dit-elle.

Ne m'oublie pas !

Le message était accompagné d'une photo… La photo de sa fille au parc du grand lac des Ibis.

4

Des dizaines de journalistes étaient massés devant la grille de la propriété de Léonard Bardin. Tous attendaient avec impatience l'arrivée du convoi spécial en provenance du Louvre. Des agents de la police municipale étaient venus pour calmer ce petit monde. Il était près de 11h et cela faisait plus de trois heures que ces personnes attendaient l'œil bleu. La presse évoquait depuis près d'une semaine cet évènement dans ses colonnes. Le célèbre diamant et sa terrible malédiction sortaient du Louvre. Bardin aurait préféré que cela reste confidentiel mais l'information avait fuité. Cet attroupement matinal avait attiré l'attention de curieux qui restaient également à attendre la fameuse pierre. La police tentait en vain de disperser le groupe et plus le temps passait, plus la pression montait.

Finalement, un peu avant midi le convoi arriva. A la dernière minute, une voiture de police avait été appelée en renfort pour ouvrir la route. Suivait un véhicule blindé dans lequel se trouvait Bardin et Laurène. A l'approche des véhicules, les policiers maintinrent les journalistes et curieux à distance. La grille s'ouvrit pour laisser passer les voitures et quelques journalistes parvinrent à entrer dans la cour. Une fois stationné près de l'entrée, Bardin sortit du blindé de fort mauvaise humeur. Il était vêtu d'un costume sombre avec une chemise blanche et ne portait pas de cravate. Roselyne, la gouvernante, debout en haut des marches semblait bien agitée. Elle portait la même robe verte que la veille. Son patron lui ordonna de fermer les grilles rapidement et demanda aux policiers de mettre les curieux dehors.

Une fois le calme revenu dans la cour, Laurène sortit de derrière le camion. Elle était vêtue d'un tailleur bleu foncé et d'un chemisier rose. Dans le blindé, elle prit une grosse boîte métallique avec l'aide d'un policier. L'instant était solennel et seul un brouhaha provenant des grilles gâchait la tranquillité du moment. Le policier et la détective montèrent les marches et arrivèrent dans le hall où une table avait été installée juste devant la vitrine, au centre de la pièce. Tout autour, l'ensemble du personnel du manoir ainsi que ses propriétaires regardaient en silence le coffre qui fût posé sur la table, à côté d'une cloche de verre.

Quelques heures plus tôt, le diamant était au Louvre. Laurène avait retrouvé Bardin devant une des entrées de service du musée à 9h. Le camion blindé qu'avait réservé la détective était en retard. En l'attendant, Abdellatif Chabou, le conservateur, les avait reçus dans une des réserves du Louvre où il leur montra l'œil bleu posé dans un bel écrin. Même dans ce sombre local poussiéreux, la pierre était fascinante. Laurène ne pouvait cesser de l'observer. Elle était attirée par le diamant. La détective aurait voulu s'en saisir aussitôt et s'enfuir en courant. Mais bien sûr elle ne le pouvait pas. Il fallait bien pourtant qu'elle puisse la posséder pour éviter que Mélanie s'en prenne à sa fille. Mais Bardin ne la quittait pas d'une semelle, il restait constamment avec elle et l'œil bleu.

La boîte dans laquelle était le diamant se composait de deux serrures. Laurène et Léonard Bardin avait chacun leur clé. C'est donc ensemble qu'ils ouvrirent la boîte au milieu du grand hall. L'homme souleva la partie supérieure du coffre et toutes les personnes présentes purent voir le scintillement caractéristique de la gemme. Un long silence suivit cet instant. Puis Bardin prit brusquement la parole pour disperser les curieux :

- Allez tout le monde au boulot. Madame Hugues, à vous de jouer.

Cette dernière ne répondit pas. Sous le regard du propriétaire, Laurène enfila des gants qu'elle avait glissés dans la poche de sa veste de tailleur. Elle prit une bonne inspiration et se saisit de la fameuse pierre. Avec des gestes lents, elle se déplaça et posa très délicatement le diamant sur le socle prévu à cet effet. Puis, elle prit la cloche de verre et referma délicatement la vitrine.

- Et maintenant ? demanda Bardin désagréable.

- J'ai un coup de fil à passer et le système de sécurité sera enclenché.

- Et bien faites !

Laurène était agacée par le comportement de l'homme. Elle passa outre et appela Simon pour lui demander d'actionner la sécurité de la vitrine et les caméras.

- C'est fait, dit la détective une fois qu'elle eut raccroché. Personne ne peut s'approcher à moins de cinquante centimètres du présentoir sans faire sonner l'alarme.

- Et pour cette nuit ?

- Nous enclencherons le reste du système : lasers et détecteurs de mouvement.

- Très bien, souffla Bardin un peu soulagé. Veuillez m'excuser pour mon comportement mais toute cette histoire me stresse.

- N'ayez aucune crainte, je suis là, tenta de le rassurer Laurène.

- Humm…

Ce fût sa seule réponse. Il partit dans son bureau laissant la détective seule dans le hall avec le diamant. Elle fût vite rejointe par madame Bardin. Celle-ci était vêtue d'un chemisier blanc et d'une jupe bleue. Elle commença les hostilités :

- J'espère que vous avez pris toutes les précautions madame. Cette histoire angoisse suffisamment mon mari. Il ne faudrait pas le perturber par une malheureuse intrusion.

- Je fais tout ce que je peux, répondit Laurène irritée.

- Je vous ai à l'œil. J'espère que ce week-end se passera bien. Cette soirée de charité demain est très importante pour nous.

Madame Bardin n'attendit aucune réponse, tourna les talons et s'en alla vers le salon. La détective était énervée. Pourquoi cette femme était-elle encore plus désagréable que son mari ? Comment allait-elle faire pour s'emparer du diamant avant dimanche ? Elle avait hâte que ce week-end se termine car elle ne se sentait pas à l'aise ici… Et en même temps, il fallait qu'elle trouve le moyen de récupérer la pierre dans un délai assez court. Elle avait deux nuits à passer ici. Deux nuits pour dérober l'œil bleu avant que Mélanie ne s'en prenne à Océane. Mais devait-elle s'en emparer réellement et risquer la réputation de l'agence ? Il lui fallait un plan et elle avait peu de temps.

Après les événements de la matinée, Laurène décida de pique-niquer seule dans le jardin. Mélissa lui avait préparé un sandwich qu'elle mangea toute en marchant dans les allées de ce coin de verdure. On était fin septembre et les feuilles des arbres commençaient à rougeoyer. Elle croisa Marius, un taille-haie à la main. Ils se saluèrent mais le jardinier ne resta pas discuter et s'en alla vers le cabanon, situé dans le fond du jardin, où il vivait à l'année. Laurène atteignit la gloriette en bois située au milieu du jardin. Elle monta les trois marches pour y accéder, s'assit et profita de la vue dégagée sur le lac. Ce panorama l'apaisa.

Une fois son sandwich terminé, elle appela Simon pour savoir si tout allait bien de son côté. Il la rassura et lui confirma que tout était opérationnel. Elle ne lui avait pas parlé de la réapparition de Mélanie. Pourtant Simon connaissait toute l'histoire, elle aurait pût se confier à lui. De toute manière, elle n'allait pas tout lui avouer maintenant. Il était un peu tard. Elle le remercia, raccrocha puis sortit de la gloriette. Elle leva les yeux et aperçut la petite caméra qu'ils avaient installée en haut du kiosque. Elle était associée à un détecteur de mouvement. N'importe qui provenant du lac passerait par cet endroit pour rejoindre le manoir.

Laurène continua de déambuler dans le jardin jusqu'au ponton. Une barque verte y était arrimée. Le lac d'Enghien s'étendait devant elle. Tout était calme à cet endroit. Des pas résonnèrent sur le ponton derrière elle. C'était Mélissa, la cuisinière qui profitait de son temps libre. C'était une femme brune avec quelques rondeurs et un visage aux traits ronds. Elle prit la parole :

- Votre sandwich était bon ?

- Oui, c'était parfait. Merci.

- Cet endroit est magnifique, n'est-ce pas ? J'y viens dès qu'il fait beau et que j'ai un peu de temps. Comme Monsieur Bardin a pris les services d'un traiteur pour demain, je n'ai pas grand-chose à préparer.

- Vous travaillez depuis longtemps ici ?

- Seulement sept mois mais j'y suis déjà très attachée.

- Monsieur et Madame Bardin ne sont pas trop exigeants ? demanda Laurène

- Ça va. Certains moments sont plus compliqués que d'autres. Mais quand on a compris comment ils fonctionnent, ça se passe bien.

- Bon, je vous laisse profiter de votre pause. A plus tard, dit Laurène en s'éloignant.

- A plus tard madame.

La jeune détective traversa le jardin. Elle en profita pour revérifier les installations de sécurité. Tout semblait correct. Elle rentra donc dans le manoir.

L'œil bleu était là, seul, au centre du hall. Elle l'observa en silence. Devait-elle le protéger ou le voler pour protéger sa propre fille ? Son petit tour dans le jardin n'avait servi à rien. Cela n'avait pas éclairci ses idées. Par où commencer ? Si seulement elle savait où trouver Mélanie…. Cette dernière pensée fit tilt ! Mais oui, se dit-t-elle, elle ne doit pas être loin d'Océane, au Vésinet puisqu'elle avait pris une photo. La traitresse devait donc loger non loin. Peut-être qu'en se servant des caméras de surveillance…

- Vous allez bien Madame, dit une voix derrière elle qui la fit sursauter. Je vous ai fait peur.

Laurène se retourna et se trouva face à Elisabeth Bardin.

- J'étais dans mes pensées, répondit la détective en reprenant ses esprits. La sécurité de cette pierre me préoccupe.

- Je l'espère bien, dit la femme en ricanant.

Sur ces paroles elle s'éloigna, laissant Laurène avec son obsession : retrouver Mélanie au Vésinet. Pour cela, elle n'avait pas le choix, elle devait parler à Simon. Elle prit son téléphone et appela son allié.

5

Le soleil s'était couché. Le personnel passait exceptionnellement la nuit au manoir, à la demande de Bardin. Tous étaient couchés dans les chambres à l'étage, à part Marius qui avait son cabanon. Le jardinier faisait d'ailleurs quelques rondes de temps à autre. Laurène errait dans le hall. Elle était fatiguée mais ne voulait pas aller se coucher. Elle attendait des informations de la part de Simon. Celui-ci n'avait pas vraiment apprécié que la détective ne le prévienne que ce jour, de la menace de Mélanie. On a perdu un temps fou, lui avait-il dit. Bien sûr, Laurène le savait. Elle s'était confondue en excuses et l'informaticien lui avait promis d'essayer de retrouver son ex-assistante sur les images des caméras du Vésinet. L'après-midi avait été long. Les informations de Simon tardaient à venir et Laurène se demandait encore si elle devait passer à l'action cette nuit.

Le hall était plongé dans la pénombre. Seule la lueur de la vitrine, où était le diamant, éclairait faiblement la pièce. La silhouette de Laurène allait et venait. Tout était silencieux. Elle ne supportait plus d'attendre. Soudain, son téléphone vibra et elle répondit en chuchotant, n'osant pas briser la quiétude :

- Simon, tu as du nouveau ?

- J'ai retrouvé sa trace uniquement à la sortie du parc du grand lac des Ibis. Je n'arrive pas à la retrouver autre part.

- Merde, ça ne nous avance pas.

- Je continue de fouiller, je vais peut-être finir par la retrouver.

- En attendant, je fais quoi ?

- Rien. Je te conseille de ne rien faire pour le moment. Tu ne vas tout de même pas voler cette pierre.

- Et pourquoi pas ?

- Il faut chercher une autre solution et on va trouver… On peut se donner une journée supplémentaire, non ?

- Tu as sans doute raison, se résigna la détective.

- Bon, va te coucher, le système de surveillance fonctionne parfaitement. On s'appelle demain matin.

- Ouais, je ne vais peut-être pas dormir mais je vais m'allonger un peu. Je suis éreintée. Bonne nuit.

- A demain, bonne nuit.

Ils raccrochèrent. Laurène soupira, elle se sentait inutile. Elle ne voulait pas mettre sa fille en danger mais ne savait quoi faire. Si seulement, elle pouvait la prévenir du péril. La mettre en sécurité. Mais si elle la contactait, Océane la prendrait pour une folle. Comment expliquer une telle histoire ? Bon, se dit-elle, je ne résoudrai pas le problème maintenant. Sur cette pensée, Laurène alla rejoindre sa chambre, il était près de minuit.

***

PAN ! PAN !

Les bruits secs dans la nuit firent sursauter Laurène. Elle s'était endormie toute habillée et le réveil fût des plus brutaux. Que se passait-il ? Des bruits de pas pressés résonnaient en provenance des escaliers. Des cris appelaient à l'aide. La détective était en sueur. Des coups de feu, des cris ? C'était quoi ce bazar ? Son téléphone vibrait, c'était Simon ! Elle décrocha et l'informaticien hurla :

- Putain Laurène, qu'est-ce que tu faisais ?

- Je m'étais endormie.

- Ça fait cinq fois que j'essaye de t'appeler, quelqu'un a coupé le système de surveillance. Tout est out !

- Merde, c'est quoi ce bordel !

Laurène raccrocha au nez de Simon et se rua hors de la chambre. Elle arriva en catastrophe dans le hall toujours dans la pénombre. Elle vit la vitrine brisée, le diamant n'y était plus. A quelques mètres, Léonard Bardin était allongé au sol et semblait inconscient. La porte menant au jardin était ouverte. La détective s'y dirigea en courant. La nuit était fraiche et sombre, un faible croissant de lune tentait désespérément d'éclairer les lieux. Une silhouette semblait courir près du kiosque. Le voleur ? Laurène courut dans sa direction et la rattrapa sans mal. Elle posa la main sur l'épaule de l'inconnu qui continuait sa course. Celui-ci se retourna. C'était Elisabeth Bardin. Celle-ci courait toujours et dit à Laurène, essoufflée :

- J'ai vu le voleur, il est parti par là, vers le lac.

Laurène ne répondit pas, elle voyait la masse sombre sur le ponton. Mais celle-ci montait déjà sur la barque qui y était amarrée. Les deux femmes redoublèrent d'effort. Arrivées au bord du lac, elles ne purent que constater que la barque était déjà loin…

- Merde alors, cria Madame Bardin. Qu'est-ce que vous avez foutu ! Et ce pauvre Marius qui s'est fait tirer dessus.

Elle venait d'attraper Laurène par le col et criait à deux centimètres de son visage. Elle avait les yeux exorbités… et l'air d'une folle. Laurène bafouilla :

- Ma…Marius, où est-il ?

- Vous ne l'avez pas vu en venant ? Madame Bardin criait toujours. Il est allongé à l'entrée du jardin.

Dans la précipitation, la détective ne l'avait pas vu. Elle demanda, toujours agrippée par le col :

- Il est … mort ?

- Bien sûr, avec deux balles dans le corps vous croyez quoi ! Il a tenté d'arrêter le voleur mais celui-ci ne lui en a pas laissé le temps. Allons le voir.

Elisabeth Bardin lâcha le col de Laurène et toutes les deux retournèrent vers la maison. Au loin, on pouvait entendre les sirènes de la police qui brisaient le silence nocturne. Léonard Bardin avait sans doute prévenu les autorités. Les deux femmes arrivèrent en silence près de la porte d'accès au hall. Sur la gauche gisait effectivement le corps de Marius. Deux taches sombres ornaient sa poitrine, aucune chance de s'en sortir.

- Que s'est-il passé bon dieu ? demanda la propriétaire, toujours énervée.

- Je n'en sais rien mais le système de surveillance a complètement été coupé !

- Comment c'est possible ? demanda Monsieur Bardin qui venait d'arriver en claudiquant. Lui aussi était fâché.

- Je me le demande aussi ! Le système ne pouvait être coupé que depuis l'intérieur... Il faut qu'on visionne les enregistrements des caméras.

- Vous n'allez rien visionner du tout, la police va prendre le relais... vous en avez assez fait comme ça, dit froidement l'homme.

On sonna à la porte d'entrée, à l'opposé du hall. C'était sûrement les policiers. Elisabeth Bardin alla ouvrir, laissant Laurène et son mari au pied du cadavre. La détective n'osait parler... Elle ne savait pas quoi dire. Ses pensées étaient vides. Elle accusait le coup. Cependant, une voix bien connue s'éleva derrière elle :

- Tiens, tiens, comme on se retrouve madame Hugues !

Et merde ! C'était cette chieuse de Valentine Rano.

- Bonjour officier Rano, dit Laurène. Vous avez fait vite !

- Nous n'étions pas loin du stade de France, à peine à quinze minutes d'ici.

- Quelle aubaine, dit ironiquement la détective.

La policière salua également Léonard Bardin et demanda de lui expliquer ce qu'il s'était passé. Pendant ce temps, un autre officier s'entretenait avec sa femme. Plus tard, la police scientifique arriva sur les lieux et l'ensemble des habitants du manoir furent confinés dans le salon ou dans leur chambre. Laurène profita de cette agitation pour s'isoler dans sa chambre et appeler Simon. Le pauvre était sans nouvelles depuis qu'elle lui avait raccroché au nez. La détective le mit au courant des derniers événements et lui demanda s'il avait visionné les enregistrements de caméras.

- Je n'ai rien trouvé, lui dit-il. C'est comme si le voleur était déjà dans le manoir.

- Pourtant, toutes les personnes y demeurant sont ici. Aucun ne manque à l'appel. C'est qu'une personne entrée dans la journée n'en est pas ressortie. Il y a eu quelques allées et venues cet après-midi. Tu dois pouvoir retrouver ça sur les bandes.

- Je vais essayer de voir ça. Je te tiens informée.

- Merci Simon.

Laurène n'avait pas raccroché qu'on frappa à sa porte. Elle alla ouvrir et une personne bien connue se tenait sur le seuil. C'était Martin. Cela faisait quelques semaines qu'elle ne l'avait pas revu. Il avait dû être réveillé au milieu de la nuit car il semblait fatigué. Ce qui n'enlevait rien à son charme. Il prit la parole avec le sourire :

- Laurène, dans quoi t'es tu fourrée ?

- Je n'en ai aucune idée, répondit-elle en l'invitant à entrer.

Tous deux assis sur le bord du lit, la détective raconta l'épisode nocturne à son ami.

- Heureusement, tu n'as rien, commenta le policier.

- Physiquement oui, mais la réputation de l'agence va en prendre un coup. Je n'ai même pas été capable de protéger ce satané caillou.

En fait, Laurène se préoccupait peu de sa réputation. Son inquiétude était pour sa fille. Comment allait-elle pouvoir la protéger, ne sachant pas où se trouvait le diamant.

- Ne t'inquiète pas pour ton agence. Tu sauras rebondir, la rassura Martin. Bon, pour l'enquête il faudra nous donner les enregistrements vidéo.

La détective hésita, il faudra faire des copies pour pouvoir progresser de son côté. Elle finit par dire :

- D'accord, dès que je les ai, je te les file.

- Je retourne en bas. Tu peux te reposer un peu, nous prendrons ta déposition officielle plus tard.

Martin se leva et remercia Laurène avant de quitter la chambre. Il était 6h et Laurène était fatiguée mais n'avait aucune envie de dormir. Que faire pour protéger Océane ? Elle devait retrouver l'œil bleu avant la police. Une course contre Martin s'engageait et elle n'aimait pas ça. Qui gagnerait ?

<u>6</u>

La presse n'avait pas mis longtemps à être au courant de l'affaire. Les radios nationales répétaient la même chose depuis 7h du matin : *la malédiction de l'œil bleu a encore frappé, un mort au manoir des Bardin, le diamant introuvable.* Les journalistes s'étaient massés devant la grille d'entrée. Margot, la secrétaire de Laurène avait appelé sa patronne en apprenant la nouvelle. La détective n'avait pas su trouver les mots pour rassurer son employée. La police scientifique continuait de fouiller chaque centimètre de la propriété à la recherche des indices. Martin Mérier et Valentine Rano avaient interrogé tout le personnel sans en apprendre d'avantage. Ils faisaient tranquillement le point sur le ponton. Le soleil se levait tranquillement et donnait un bel éclat aux mèches rousses de la jeune femme.

- Nous n'avons plus rien à tirer de cet endroit Rano, dit Martin. Nous allons devoir attendre les bandes que Laurène va nous donner…

- Encore cette femme, rétorqua la policière avec dédain. Elle est mêlée à une deuxième affaire de meurtre en six mois. Ça fait beaucoup.

Martin était agacé. Rano avait toujours une dent contre Laurène.

- Elle est détective, dit-il. C'est normal d'être mêlée à ce genre d'histoire. Elle n'a tout de même pas volé le diamant qu'elle protégeait.

- N'oublie pas que cette femme a des secrets, Martin. J'espère qu'elle ne nous jouera pas les mêmes tours que la dernière fois.

- Elle n'a aucune raison de nous cacher quoi que ce soit, répondit Martin toujours agacé par le comportement de sa coéquipière. Rentrons au 36, conclut-il sèchement.

***

De son côté, Laurène avait aussi posé quelques questions au personnel sans rien découvrir de plus. Elle avait jeté un coup d'œil au système central de la surveillance. Tous les câbles avaient été soigneusement sectionnés. Il n'y avait aucune trace exploitable. Elle en avait informé Simon et lui avait également demandé de faire une copie des vidéos pour les donner aux flics. Elle se trouvait dans le salon lorsque Bardin vint lui parler :

- Comment un voleur a-t-il pu s'introduire ici sans que votre système de surveillance ne le détecte ?

- Il était déjà dans la villa, caché je ne sais où. Nous avons les vidéos de surveillance de la journée et il est forcément dessus.

- Comment a-t-il pu couper aussi facilement le système ? L'alarme ne s'est même pas déclenchée ! Vous avez fait preuve d'un grand amateurisme Madame Hugues.

Le visage de Bardin était déformé par la colère qu'il tentait de contenir. Laurène resta aussi calme que possible face à ces propos.

- Que s'est-il passé cette nuit, avant mon arrivée ? demanda-t-elle.

- Je suis entré dans le hall pour faire une ronde. L'individu était là penché sur la vitrine. J'ai sauté sur lui en criant au voleur et nous nous sommes battus. Malheureusement, il a réussi à sortir son arme et à m'assommer d'un grand coup de crosse.

- Marius a donc accouru en vous entendant et a tenté d'arrêter le voleur c'est ça ?

- Oui, pauvre Marius, il ne méritait pas ça, dit Bardin tristement avant de changer de ton. Et tout cela est dû à votre incompétence. Je vais vous demander de reprendre vos affaires et de quitter cette maison sans tarder.

- Mais je…

- Il n'y a pas de mais, partez.

Les paroles de Léonard Bardin étaient sans appel, Laurène devait obtempérer immédiatement. Après avoir regroupé ses affaires, la détective prit sa voiture pour rentrer chez elle, à Puteaux. Sur la route, elle appela Simon pour avoir des nouvelles. Il avait identifié trois personnes qu'il ne voyait pas ressortir pour le moment. Mais il n'avait pas fini de tout visionner. Laurène était satisfaite, on semblait progresser de ce côté.

***

Rano était dans le bureau, ou plutôt le cagibi, aux mûrs jaune pâle de Martin. Le déménagement du quai des orfèvres vers la rue de Bastion continuait peu à peu. Certains bureaux étaient déjà vides, d'autres était remplis de cartons, dont celui de Martin. Les deux policiers en étaient arrivés à la même conclusion que Laurène. Le voleur s'était caché dans le manoir durant la journée. Mais où ? Ils ne l'avaient pas trouvé. Les preuves recueillies par la police scientifique ne faisaient pas avancer l'enquête pour le moment. Les douilles retrouvées près du corps étaient d'un 9mm classique. Ils attendaient avec impatience les vidéos de la journée.

- Le voleur devait connaitre le système de surveillance, dit Rano qui était debout face au bureau de Martin. Il l'a neutralisé sans difficulté.

- Il faut que l'on demande à Laurène quelles personnes avaient connaissance du système. D'ailleurs, qui l'a installé avec elle ?

Rano reprit les feuilles des dépositions de la matinée. Elle les parcourut jusqu'à ce qu'elle trouve l'information.

- Un certain Simon Tailli, d'après Léonard Bardin... Pourquoi ce nom me dit quelque chose ? demanda la policière.

- Tiens, c'est une de nos vieilles connaissances. C'était l'ami secret de Romain Stern ! Je ne savais pas que Laurène travaillait maintenant avec lui.

- Je te l'ai dit, Martin. Ta protégée a toujours eu des secrets et ça ne va pas changer.

- Bon, nous allons convoquer cet homme, dit brusquement le commandant. Il nous donnera les enregistrements en même temps. Je veux le voir dès ce matin en salle d'interrogatoire.

- Je le contacte tout de suite.

***

Le bâtiment était une vieille tannerie désaffectée. La lumière avait du mal à pénétrer mais des dizaines de graffs donnaient couleurs et vie aux murs de béton. Une ombre passa devant des corps étendus à même le sol. Ici, il n'y avait que des clodos et des camés. A cette heure de la matinée, tous pionçaient plus ou moins. La nuit avait été particulièrement festive. Sur son chemin, l'individu vit quelques corps se mouvoir. Le réveil était rude, grosse gueule de bois pour tout le monde. L'ombre alla directement vers l'escalier qui menaçait de s'effondrer. Partout sur le sol, des déchets. Cannettes de bière et seringues usagées se mêlaient avec les anciens papiers de comptabilité de la tannerie. L'endroit puait la pisse. Il ne faisait pas bon traîner ici. L'ombre continua son chemin à l'étage où la végétation tentait de reprendre ses droits. Le lierre gagnait peu à peu du terrain. La silhouette déambulait et arriva au niveau des toilettes, ou plutôt ce qu'il en restait. Il y faisait sombre mais ici, un autre individu l'attendait. L'arrivant prit la parole en chuchotant pour ne pas être repéré :

- Vous n'avez pas respecté le contrat !

- J'ai la marchandise, c'est tout ce qui compte, non ?

- Il ne devait pas y avoir de mort.

- Ce con m'a surpris, je n'ai pas eu le choix.

- Bon… Et la marchandise vous l'avez ?

- Et le pognon ?

L'individu tendit une grosse enveloppe que l'autre attrapa rapidement. Ce dernier se saisit d'une petite boîte qu'il avait dans la poche de son manteau et la donna en échange. Chacun vérifia son dû. L'individu qui avait compté ses billets reprit la parole :

- Il n'y a pas le compte !

- C'est parce que j'ai une autre surprise pour toi, dit l'ombre d'une voix menaçante.

Ce dernier avait sorti une arme équipée d'un silencieux. Sans hésiter, il appuya deux fois sur la détente. Deux bruits sourds émanèrent et l'individu en face s'écroula sur les toilettes délabrées. L'arme rangée, l'ombre fit demi-tour et s'en alla. Tout était calme ici. Personne ne l'avait vu. On ne pourrait pas le reconnaitre.

***

Il était quasiment 9h et Laurène arrivait presque chez elle lorsque son téléphone sonna. C'était Simon. Il n'avait pas avancé depuis tout à l'heure mais venait de recevoir un coup de fil de l'officier Rano. Il était convoqué au 36 pour un interrogatoire. Il avait fait une copie des enregistrements qu'il devait donner aux flics. Il les avait également copiés sur une autre clé USB qu'il avait dissimulée dans la cocotte minute, au cas où. La détective le remercia et lui souhaita un bon courage avec Rano. Elle devait avancer rapidement dans sa propre enquête car Martin semblait ne pas perdre de temps de son côté. Elle avait deux pistes à explorer : les vidéos et le personnel du manoir.

Laurène se gara dans la rue où se situait son appartement. Elle marcha jusqu'à son immeuble en réfléchissant à son enquête et ne remarqua même pas la personne qui attendait près des interphones. En tapant le code d'accès à l'immeuble, la femme prit la parole derrière la détective :

- Bonjour Laurène !

Celle-ci se figea. Cette voix… Non, ce n'était pas possible. Pas maintenant… Laurène se retourna doucement pour faire face à la femme puis prononça ce mot : Maman.

7

Il y a 16 ans, Hérouville-Saint-Clair

Laurène était enfermée dans les toilettes. A la main droite, elle tenait le typique bâtonnet. En son centre, deux barres était dessinées. Accrochée sur la porte en face, il y avait une grande affiche commerciale avec le dessin d'un homme vantant les mérites du calvados. Une sorte de provocation… Oui, ma jolie, tu avais trop bu ! Cinq semaines de retard de règles, il y avait bien une explication. La jeune fille resta impassible face au résultat pendant un long moment. Puis, elle prit soudainement conscience de la situation et se mit à pleurer. Qu'allait-elle faire ? Comment allait-elle l'annoncer à ses parents ?

- Ça va ma chérie ?

La douce voix de sa mère la sortit de ses pensées. Elle mentit :

- Oui, oui, je laisse la place.

Annie Hugues s'éloigna et Laurène cacha le test dans une poche de son jean. Elle essuya ses larmes et tira la chasse d'eau.

Lorsqu'elle descendit pour le diner quelques instants après, elle avait encore les yeux bouffis. Ses parents étaient inquiets. Ils ne l'avaient jamais vue dans un tel état.

La suite, Laurène aurait préféré l'oublier… Mais ne l'oublierai jamais. Elle avait dû tout leur raconter. Son père était entré dans une rage folle. A l'inverse, sa mère avait tenté de la rassurer. Après tout, le mal était fait, il ne fallait pas en rajouter une couche. Et pourtant, le destin en a rajouté une. De cette crise, le couple Hugues ne s'en remettrait jamais, bien qu'Annie eut tenté d'apaiser toutes les tensions. Elle avait commencé dès cette horrible soirée. Mais, quand son mari fût à peu près calmé, il avait posé la question qu'il ne fallait pas.

La question qui restera sans réponse.

Qui est le père de cet enfant ?

***

De nos jours, Puteaux

Le joyeux visage d'Annie Hugues avait bien changé en seize années. Les rides étaient apparues et ses beaux cheveux blonds étaient devenus plus ternes. Mais, il y avait toujours un brin de malice dans ses yeux verts, les mêmes que Laurène. Celle-ci n'avait pas vu sa mère depuis le dernier Noël. Presque une année complète. Bien sûr, elle l'avait appelée quelques-fois mais elle ne s'était pas déplacée en Normandie. C'était la première fois que sa mère venait la voir à Puteaux. Laurène avait des sentiments contradictoires envers elle. Elle lui en avait longtemps voulu de ne pas l'avoir autorisée à avorter. Il faut dire qu'Annie Hugues était issue d'une famille catholique où ce genre de choses est inconcevable. Alors pour faire la joie d'une autre famille, Laurène avait été contrainte d'accoucher.

Aujourd'hui, elle ne regrettait plus cette décision. Bien qu'elle en ait souffert par le passé, elle avait pardonné à sa mère. Cependant, la voir en ce jour précis ne l'enchantait pas plus que ça. Cela tombait bien mal.

- Tu n'as pas l'air ravie de me voir, dit Annie.

- Si, si, bafouilla Laurène. Bien sûr. C'est que je ne faisais que passer mais, entre avec moi.

- Tu es toujours pressée. Quand vas-tu prendre le temps de vivre ma petite ?

- C'est la dure vie des parisiens, dit Laurène en souriant.

Elles pénétrèrent dans l'immeuble et gagnèrent l'appartement de la détective, situé au rez-de-chaussée. On y entrait directement dans le salon. Celui-ci était bien ordonné avec peu de meubles. A droite de l'entrée, se trouvait une cuisine américaine avec une table ronde et quatre chaises. En face, la partie salon était aménagée avec un canapé d'angle noir, une petite télé accrochée au mur. A gauche de l'entrée, un couloir menait à un bureau, une chambre et une salle de bains.

- Tu veux boire quelque chose maman, dit Laurène en se dirigeant vers la cuisine.

- Un verre d'eau s'il te plait.

Annie alla vers la baie vitrée au fond du salon et regarda dehors. Il y avait un petit jardin avec une terrasse. Laurène se rapprocha avec deux verres.

- Pourquoi es-tu venue ? dit-elle en tendant un des deux verres à sa mère.

- Tu n'es pas venue cet été. Et tu n'as pas même pris de vacances. Je suis inquiète. Tout va bien ma chérie ?

Elle tourna la tête vers sa fille et la regarda avec une grande tendresse. Ce regard, Laurène l'adorait. C'était celui d'une mère aimante et bienveillante. Elle était désarmée face à lui et ne savait pas quoi répondre. Cependant, elle plongea ses yeux dans les yeux verts de sa mère et lui dit :

- C'est difficile depuis que Romain est… mort. Ma secrétaire m'a quittée et l'agence se porte un peu trop bien. Je n'ai plus une minute à moi.

Cela faisait bizarre à Laurène de parler de tout ça. Elle n'avait pas vraiment eu l'occasion de se poser depuis cette dernière semaine. Et, parler ainsi la soulageait. Elle continua :

- Par-dessus tout, je viens de foirer un contrat. Le diamant que j'étais censé protéger a disparu.

- L'œil bleu ? C'est toi qui t'en occupais ? Ils en ont parlé longuement à la radio ce matin.

- Et cette histoire n'est pas près de tomber aux oubliettes, crois-moi.

- Que vas-tu faire ?

Bonne question maman, pensa Laurène, quoi faire maintenant ? Il fallait à tout prix le retrouver pour protéger Océane. Mais cette partie, elle ne pouvait le partager avec sa mère.

- Je vais mener ma petite enquête… J'étais proche de l'action cette nuit.

- Tu devrais te reposer et laisser ça à la police.

- Sûrement pas, répondit brusquement la détective.

Annie n'insista pas, elle connaissait sa fille et sa détermination. Elle lui dit simplement :

- Fais ce que tu as à faire mais je reste ici quelques jours. Mes valises sont dans la voiture !

Laurène ne s'attendait pas à celle-là ! Et, prise par surprise, elle ne sut que répondre.

***

Simon Tailli était installé dans la sombre salle d'interrogatoire, assis devant une table au centre de la pièce. Martin Mérier était debout en face de lui et Valentine Rano adossée à la porte. La scène avait un air de déjà vu, ce que ne manqua pas de préciser Martin :

- Comme on se retrouve, Monsieur Tailli !

- Content de vous revoir aussi, répliqua l'informaticien, arborant un large sourire ressemblant à celui du Joker présent sur son tee-shirt.

- Comme ça, vous travaillez maintenant avec Laurène ?

- De temps en temps, oui. Elle fait appel à mes services. Seriez-vous jaloux ? demanda Simon d'un ton taquin.

Le commandant était agacé et Rano recadra l'interrogatoire :

- Je vous rappelle que ce qui vous amène ici est grave, il ne s'agit pas d'une affaire personnelle.

- Je vous écoute.

- Comment le système de surveillance a-t-il pu être coupé ? interrogea la jeune femme.

- Il n'y avait qu'une seule façon de le couper : être à l'intérieur. Un homme provenant de l'extérieur de la propriété ne pouvait pas le faire sans déclencher l'alarme.

- Qui connaissait le système ?

- Moi, Laurène, Léonard et Elisabeth Bardin.

- C'est tout ?

- Oui. Enfin, peut-être aussi les employés qui nous ont vu installer le bazar. La gouvernante, Roselyne. La cuisinière, Mélissa. Sarah, la femme de ménage et Marius, le jardinier.

- Ce dernier étant mort, finit par dire Martin qui s'était assis sur la table à côté de Simon. Aviez-vous vu quelque chose de suspect lors de la mise en place du système ?

- Non, il faut dire que cette journée avait été bien remplie.

- Où étiez-vous pendant le vol ?

- J'étais chez moi. J'avais un œil sur les vidéos de surveillance.

- Vous-même, vous auriez pu voler le diamant de l'extérieur…

- Qu'est-ce que c'est que cette insinuation ? Quel intérêt j'avais de le voler ?

- L'argent pardi. Tout le monde a besoin d'argent.

- Je n'aurais pas fait à ça à Laurène.

- C'est ce que nous verrons, dit Martin d'un ton sec.

Voyant que l'interrogatoire dérapait, Rano reprit la main en se rapprochant de Simon.

- Avez-vous apporté les enregistrements des vidéos ?

L'informaticien mit la main dans la poche de son jean et en sortit une clé USB qu'il posa sur la table.

- Tout y est. Bon visionnage, dit simplement Simon.

***

Mélanie était assise au comptoir du bar. Un café brûlant en face d'elle. La télévision, derrière le comptoir, diffusait les images de BFM. Depuis ce matin, on racontait en boucle l'audacieux vol de l'œil bleu. Maintenant que le mal était fait, les journalistes étaient constamment en direct de la propriété des Bardin. Ils étaient devant les grilles et attendaient que quelqu'un veuille bien leur dire quelques mots sur ce qui s'était passé. Les crétins ! Le nom de Laurène Hugues n'avait pas encore été prononcé par les médias. Mais nul doute qu'ils ne tarderaient pas à en parler. Ainsi donc, Laurène l'avait fait. Pour sa fille ! Il n'y a rien de tel que la puissance de l'amour maternel. C'est la plus belle des armes et la plus dévastatrice. Mélanie jubilait face à ces images, l'agence S&H ne s'en remettrait jamais, elle était totalement discréditée. La jeune femme avala une gorgée de café. La chaleur du breuvage attisa encore sa haine. Maintenant, elle allait devenir riche. Il ne lui restait plus qu'à récupérer le diamant. Elle sortit donc le téléphone à carte prépayée qu'elle avait acheté et composa le numéro de la détective.

***

Laurène dépliait le canapé pendant que sa mère était partie chercher ses valises. Elle ne s'en remettait pas, elle allait devoir se coltiner sa maman… Avec tous les problèmes qu'elle avait sur le dos, ce n'était pas du tout le bon moment. La jeune femme allait chercher des draps lorsque son téléphone sonna. Elle le prit sur la table. Le numéro était inconnu. Merde, se dit Laurène, ça doit être Mélanie. Que faire : lui avouer qu'elle n'avait pas le diamant ou lui laisser croire qu'elle l'avait pour gagner du temps ? La seconde option est de toute évidence la meilleure. Elle s'apprêtait à décrocher lorsque la porte d'entrée s'ouvrit, sa mère revenait déjà. Le temps de cette diversion et son téléphone ne sonnait plus. Trop tard, Mélanie devait être tombée sur le répondeur.

- Ça va ma chérie ? demanda Annie. Tu es toute pâle.

- Oui, tout va bien, mentit Laurène. J'ai un peu trop forcé pour déplier le canapé.

Le portable bipa. Il y avait un message sur le répondeur.

- J'ai un appel à passer. Je te laisse t'installer maman.

Elle se dirigea rapidement vers le bureau, laissant sa mère en plan. Son cœur battait la chamade. Elle consulta son répondeur, la voix de Mélanie se fit entendre :

- Bravo Laurène, je vois que tu aimes ta fille. Rendez-vous ce soir à 22h au square du vert galant. Cet endroit va te rappeler des choses… Et n'oublie pas le diamant !

Le message était déjà fini. Le cerveau de la détective tournait à cent à l'heure. Il lui restait moins de onze heures pour trouver une solution et stopper Mélanie.

Une course contre la montre venait de s'amorcer.

8

Mérier et Rano n'avaient pas obtenu grand-chose de l'interrogatoire de Simon Tailli. Heureusement, ils disposaient désormais des enregistrements et ceux-ci étaient entre les mains des techniciens spécialisés. Tous deux mangeaient un sandwich à la cafétéria du 36, accoudés sur un mange-debout. Martin parlait la bouche pleine :

- Nous devons faire venir Bardin et sa femme pour les interroger un peu plus que cette nuit.

- Ne devrions-nous pas attendre les examens de la police scientifique ?

- Je crois qu'ils n'ont pas trouvé grand-chose sur place. Bardin a vu le voleur, il pourrait nous en dire davantage. Il se rappellera peut-être certains détails.

- Et Laurène, dit Rano, nous devrions la faire venir dès cet après-midi.

- Elle semblait secouée, il faut qu'elle se repose…

Devant la figure renfrognée de sa collègue, Martin se ravisa :

- D'accord, je vais l'appeler pour qu'elle vienne dès que possible.

A ce moment là, Julien, un jeune stagiaire envoyé par la police scientifique fit irruption dans la cafétéria. Il faillit renverser la cannette de coca de Rano. Martin le surnommait, Pierre Richard car il était d'une maladresse incroyable. Ses belles boucles blondes et ses yeux bleus faisaient de lui une copie quasi conforme de l'acteur... Il ne manque que la chaussure noire, pensa Martin avec un sourire. C'est donc tout essoufflé qu'il prit la parole :

- On a du nouveau pour vous !

- Quoi donc ? demanda Rano.

- Sur l'affaire Bardin.

- Oui, on s'en doute et ? interrogea Mérier agacé et plus du tout amusé.

- Les techniciens encore sur place ont trouvé des traces de sang frais sur le ponton. Le cambrioleur aurait approché des rosiers d'un peu trop près dans sa fuite.

- Il faudra lancer le séquençage au plus vite.

- Oui, les échantillons vont parvenir au labo cet après-midi.

- Autre chose ? demanda Martin.

- Un morceau de papier griffonné trouvé près de la gloriette.

- Qu'est ce qu'il y avait dessus ?

- Une phrase en latin.

Le stagiaire sortit de sa poche un papier et le fit tomber sous la table haute. Il se pencha pour le ramasser sous les regards amusés des deux policiers. Après un grand effort de flexion, le jeune homme se redressa et tendit le papier aux flics. Rano lut à haute voix :

- *Virgo maria spectat ad puerum suum…* ça veut dire quoi ?

- Nous sommes en cours de traduction…

- Eh bien, le mystère semble s'épaissir, dit Martin. Rien de plus ?

- Non, c'est tout pour le moment. Je reviens vous voir dès que j'ai du neuf.

Sur ces paroles, le jeune homme s'en alla d'une démarche mal assurée. Martin prit la parole :

- Bon, je vais appeler Laurène. Toi, renseigne-toi sur le personnel du manoir.

- Ok, tiens moi au courant quand la détective arrive.

Rano avait envie de la cuisiner et elle n'allait pas passer à côté d'un interrogatoire en règle.

***

Simon s'était rendu à Puteaux directement en sortant du 36. Heureusement, Laure ne travaillait pas aujourd'hui et elle pouvait garder leur fils. Elle l'avait cependant sermonné par téléphone, lui reprochant d'être un peu trop proche de Laurène. Compte-tenu des circonstances, il lui avait expliqué que l'agence S&H avait besoin de lui pour retrouver ce foutu diamant. En raccrochant, sa femme avait compris la situation mais lui en voulait toujours. Pour une fois qu'ils pouvaient passer un week-end à trois ! Avant d'arriver chez Laurène,

65

l'informaticien s'était arrêté déjeuner dans un fast-food et c'est le ventre bien plein qu'il arriva chez la détective. Il fût très surpris d'y rencontrer Annie.

Après les présentations d'usage, Laurène et Simon s'isolèrent dans le bureau pour parler tranquillement de l'affaire en cours. Ils s'installèrent dans des fauteuils en cuir. L'informaticien commença :

- Qu'est ce que ta mère fait ici ?

- C'est compliqué mais en bref, elle s'inquiétait de ne plus avoir de nouvelles…

- Elle est au courant pour ta fille ?

- Non, je ne vais pas l'inquiéter encore plus…

- Comment on va faire ? On ne va pas se cacher tout le temps.

- Ne t'en fais pas. Je m'occupe d'elle. Ecoute plutôt.

Laurène tendit son téléphone. Le jeune homme écouta le dernier message de Mélanie puis prit la parole :

- Il nous reste huit heures pour trouver une solution. Comment vas-tu faire ?

- On va créer un faux diamant, dit fièrement Laurène.

- Mais comment ? Et puis, Mélanie s'en apercevra de toute façon.

- Elle ne le verra pas si on la coince avant !

- Ça me parait risqué. Et comment créer une copie en moins de huit heures ?

- Tu sais te servir d'une imprimante 3D ?

- Oui, mais ça ne fera pas grande illusion.

- Il faut que ça le fasse juste le temps pour nous d'attraper Mélanie.

- Je persiste, ton plan est complètement foireux, dit Simon inquiet.

- Tu as une autre idée peut-être ?

- On devrait faire appel à Martin.

- Sûrement pas, ça mettrait Océane en danger. Non, il faut qu'on fasse croire à Mélanie qu'on a le diamant et une fois qu'elle l'a en main, on l'arrête.

- Et après ?

- On la remet à la police avec le faux diamant… Elle aura du mal à se justifier.

- C'est n'importe quoi ton plan.

- Désolé, c'est tout ce que j'ai trouvé, dit Laurène légèrement irritée. Il faut que tu me fasses une reproduction dans l'après-midi. C'est possible ?

- Je vais essayer, dit Simon en soupirant. Tu vas faire quoi toi ?

- Je suis convoquée au 36.

- Toi aussi ! Ils ne peuvent pas te laisser tranquille.

- Martin m'adore, je n'y peux rien. Tu n'avais rien tiré des vidéos de surveillance ?

- Non, pas encore. Et, avec ce que tu me demandes, je ne vais pas pouvoir continuer le visionnage.

- Priorité au faux diamant, dit la détective en se levant. Je vais au commissariat. On refait le point cet après-midi.

- Moi, il faut que j'aille à mon boulot, il y a une imprimante 3D. J'espère ne pas me faire choper par les vigiles du week-end.

- Bon courage Simon et… merci !

- Tu me remercieras quand cette histoire sera terminée.

Simon se leva également et s'en alla après avoir salué Annie. Une fois la porte fermée, celle-ci dit à sa fille avec un brin de malice :

- Beau jeune homme !

- Il est marié et il a un tout jeune garçon maman, répondit-elle gênée de parler de ça avec sa mère.

Laurène changea de sujet :

- Je vais au poste de police pour un interrogatoire. On se revoit plus tard.

- Un interrogatoire, tu veux que je t'accompagne…

- Maman ! s'exclama la jeune femme avec des yeux noirs.

- Ok, je te laisse, répondit Annie, boudeuse.

- Fais comme chez toi, je reviens en fin d'après-midi.

La détective prit sa veste de tailleur et sortit de l'appartement. Cette cohabitation promet d'être compliquée, se dit-elle.

***

Martin accueillit Laurène avec un large sourire. Il la trouvait toujours ravissante avec son beau tailleur bleu marine et sa chemise rose pastel. Malgré la fatigue accumulée et les cernes qui commençaient à apparaître, elle était toujours aussi pimpante. Le cœur du commandant chavirait toujours dès que la détective était près de lui. La jeune femme, elle, était tellement préoccupée par le sort de sa fille qu'elle ne remarqua pas les efforts faits par le policier. Elle ne vit donc pas que pour une fois son costume était repassé et que ses cheveux bruns étaient bien coiffés. Martin accompagna Laurène jusqu'à l'obscure salle d'interrogatoire où les attendait l'officier Rano. Ses yeux scrutèrent la détective de haut en bas dès son arrivée et celle-ci ne se sentit pas à l'aise. Elle prit place sur la chaise et les deux policiers restèrent debout face à elle, séparés de leur victime par une table. Rano commença sans tarder :

- Madame, pouvez-vous nous raconter exactement le déroulement de la nuit ?

Laurène raconta tous les évènements : les coups de feu, le système HS, la vitrine cassée, Bardin assommé, la rencontre avec Madame Bardin, la course poursuite du voleur jusqu'au ponton et la découverte du cadavre de Marius.

Suite au récit de la détective, la policière reprit :

- Vous avez aperçu le voleur, pourriez-vous le décrire ?

- La nuit était trop noire et je ne l'ai vu que de dos.

- S'agissait-il d'un homme ou d'une femme ?

- Je ne sais pas.

- Vous ne savez pas grand-chose, madame, s'énerva Rano.

Voulant éviter une catastrophe, Martin reprit :

- Peux-tu nous expliquer comment était construit le système de surveillance ?

La détective expliqua dans les détails tout le plan qu'elle avait mis en place avec Simon.

- Le comportement des Bardin t'a-t-il paru suspect ?

Laurène prit le temps de la réflexion puis répondit par la négative avant d'enchainer :

- Avez-vous des indices qui feraient avancer l'enquête sur ce point ?

- Nous posons les questions Madame Hugues, s'exclama Rano avec violence.

- Rano a raison, dit Martin. Tu n'es pas en droit de poser des questions. Je te rappelle que tu es également suspecte.

La détective resta silencieuse. Visiblement, les policiers n'étaient pas disposés à l'aider. Le commandant enchaina en lui tendant un plastique contenant une feuille froissée :

- *Virgo maria spectat ad puerum suum,* ça te dit quelque chose ?

- Absolument rien, répondit Laurène en observant le papier. Je n'ai pas fait latin. Ça veut dire quoi ?

- On cherche encore, dit sèchement Rano.

- Vous avez trouvé ça où ?

- C'est confidentiel, répondit la jeune policière.

Martin sût qu'il n'allait pas en apprendre plus avec cette méthode. Il allait devoir collaborer avec Laurène en cachette de Rano s'il voulait avancer. Il décida de mettre fin à l'interrogatoire. Cependant, la jeune policière ne voulait pas finir comme ça et elle posa une dernière question :

- Pourquoi nous avoir caché l'existence de votre fille ?

Ce fût un coup de massue pour Laurène. Ainsi, les flics étaient au courant de l'existence de sa fille. Comment l'avaient-ils su ? Pourquoi Martin ne lui avait rien dit avant ? Celui-ci intervint pour éviter à Laurène de répondre.

- Officier Rano, cette question n'a aucun rapport avec cette enquête. L'interrogatoire est terminé.

Valentine Rano savait qu'elle était allée trop loin. Mais elle ne regrettait pas d'avoir posé cette question. Laurène Hugues était devenue pâle et n'avait su quoi répondre. Pour une fois, elle avait failli. La policière connaissait désormais le talon d'Achille de la détective. Elle devait continuer à creuser de ce côté.

Martin raccompagna Laurène à la sortie. Ils restèrent silencieux jusqu'au moment de se séparer. Le policier osa briser le silence :

- Tu veux parler ?

Laurène le regarda, son visage n'exprimait aucune émotion. Elle avait tant de questions à poser mais elle ne les poserait pas. Pas maintenant. Il fallait qu'elle digère. Martin était au courant pour sa fille et il ne lui avait rien dit. Il ne lui en avait jamais parlé. Non, elle ne voulait rien lui dire pour l'instant. Elle choisirait le bon moment pour exprimer ses sentiments et pour lui poser les questions qui se bousculaient. Elle baissa simplement les yeux et quitta le commissariat.

***

Annie avait déballé ses bagages et s'était posée dans le canapé, pensive. Elle était contente d'avoir revu sa fille qui était belle mais ne resplendissait pas comme autrefois. Quelque chose semblait la tracasser. Elle l'avait vu dans son regard. Elle l'avait senti. Une mère connait parfaitement son enfant. On ne peut rien cacher à une maman, ou presque.

Sortant de ses pensées, Annie voulut se plonger dans un bon livre. Malheureusement, elle avait oublié d'en apporter un. Elle se dirigea vers la chambre et fouilla les quelques étagères. Elle ne trouva rien à son goût. Il n'y avait que des romans policiers : Agatha Christie, Conan Doyle, Georges Simenon… Tous ces romans ennuyaient Annie. Elle aurait bien voulu un roman sentimental mais sa fille ne semblait pas apprécier cette littérature. N'ayant rien trouvé d'intéressant dans la chambre, elle décida d'aller voir dans le bureau. On ne sait jamais. Les étagères étaient remplies de dossiers concernant ses enquêtes mais pas de livre. Elle se rapprocha du bureau et son œil fût attiré par une lettre dépliée. Elle hésita mais la curiosité était trop grande. C'est les mains légèrement tremblantes de peur d'être prise en flagrant délit de curiosité, mais avec une grande précaution qu'elle prit la lettre et la lut. A la lecture de ce courrier, Annie éclata en sanglots. La feuille lui tomba des mains et elle dût s'asseoir pour ne pas défaillir. Laurène l'avait fait. Après tant d'années. Après tant d'efforts pour oublier cette histoire.

Laurène avait replongé dans le passé.

Laurène avait retrouvé sa fille…sa petite fille.

9

Il y a 16 ans, Hérouville-Saint-Clair

Noémie était assise en tailleur sur le lit de Laurène. Celle-ci bien emmitouflée sous ses draps, n'avait pas fermé l'œil de la nuit. Elle pleurait encore et encore. Putain, qu'est ce que j'ai foutu, se répétait-elle sans cesse. Noémie tentait tant bien que mal de la rassurer en lui caressant le bras et en lui répétant que ça irait. Mais Laurène reposa encore la même question dans un sanglot :

- Avec qui j'ai couché ce soir là ?

- Je te l'ai déjà dit, je n'ai rien vu. Nous n'étions pas toujours ensemble. Je sais que tu chauffais pas mal les garçons, surtout Paul d'ailleurs.

- Et tu crois que c'est avec lui que j'ai…

Elle ne pût finir sa phrase.

- Je n'en sais rien, répondit Noémie. Paul ne se rappelle pas grand-chose de la soirée. J'ai demandé aux autres s'ils t'avaient vu monter dans la chambre avec quelqu'un mais personne ne semble s'en rappeler.

- C'est complètement dingue… Laurène marqua une pause pour renifler. Comment j'ai pu coucher avec un mec et ne pas m'en souvenir.

- Tu avais bien bu… trop bu même.

- Je ne devais pas être la seule, vu que personne ne se rappelle avoir couché avec moi. Regarde sur mon bureau, j'ai fait la liste de mecs qui étaient présents. Je ne pense pas en avoir oublié.

Noémie se mit debout et se dirigea vers le bureau, au-dessus duquel trônait l'affiche du film Vertigo. Une feuille était sur le dessus des manuels scolaires. C'était la liste. Il y avait une dizaine de noms… rien que ça.

- Ça fait beaucoup de pères possibles, dit Noémie en voulant détendre l'atmosphère.

Laurène retomba dans son désespoir et se remit à pleurer. Puis elle dit :

- Il faut tous les interroger.

- Mais je l'ai déjà fait. A part un ou deux.

- Il faut tout reprendre. Quelqu'un sait forcément quelque chose. Un détail. N'importe quoi.

- Je vais essayer de trouver des réponses mais je ne suis pas sûre d'avoir des résultats. En attendant, il faut que tu te reposes ma louloute.

Ma louloute, Laurène se mit à sourire à l'évocation de ce surnom que seule Noémie lui donnait. Heureusement qu'elle était là en ce moment car avec ses parents ce n'était pas la joie depuis quelques jours. Son père dormait à l'hôtel et sa mère tentait de faire bonne figure. Cependant, Laurène l'entendait pleurer tous les soirs, seule dans sa chambre. Annie Hugues craquait et son mari était trop faible pour la soutenir, il avait préféré fuir.

***

De nos jours, Puteaux

Il était près de 18h lorsque Laurène rentra chez elle. Sur la route, elle s'était posé beaucoup de questions à propos de la révélation de Valentine. Cela pouvait-il mettre en péril sa fille ? Décidément, cette policière l'embêtait fortement. Mais que savait-elle exactement ? Avait-elle pu remonter jusqu'à Océane ? Durant tout le trajet, les questions s'étaient bousculées à un rythme infernal. Cependant, Laurène ne devait pas se laisser déstabiliser. Elle avait un plan pour ce soir, un plan pour stopper Mélanie.

Malheureusement pour elle, elle n'était pas au bout de ses surprises. Arrivée chez elle, elle trouva sa maman assise dans le canapé à regarder la télé. La scène semblait normale. Mais la jeune femme remarqua un détail qui attira son attention. Un détail qui la fit bondir. Sur sa table, était posée la lettre qui révélait l'identité de sa fille. Cette lettre était dépliée et surtout elle n'avait rien à faire ici. Laurène n'osa même pas toucher la feuille. Elle marcha lentement vers sa mère qui fixait l'écran de la télévision. En s'approchant, elle vit que celle-ci pleurait. Puis Annie se tourna vers sa fille et lui dit :

- Tu as retrouvé ton enfant.

Laurène se mit à pleurer à chaudes larmes et s'assit près de sa mère. Les mots eurent du mal à sortir de sa bouche mais elle réussit à souffler :

- Oui, maman.

Sa mère ne dit rien. Elle plongea ses yeux dans ceux de sa fille. Puis Laurène reprit :

- Mais elle ne me connait pas. Je ne lui ai pas encore parlé.

Annie resta silencieuse un instant puis brisa enfin le silence :

- Comptes-tu la faire entrer dans ta vie ?

Cette simple question bouleversa la jeune femme. Devait-elle la faire entrer dans sa vie ? Océane n'y était même pas entrée qu'elle était déjà en danger. Y-avait-il vraiment de la place pour sa fille dans sa vie ? N'est-elle pas plus heureuse sans sa mère biologique ? Laurène ferma les yeux, elle était épuisée par ces deux jours complètement fous. Elle s'endormit rapidement, la tête sur l'épaule de sa mère.

***

Martin commençait à fatiguer. Après l'interrogatoire de Laurène, il s'était rendu au manoir. Il avait revu tout le personnel mais n'avait rien appris de plus. Que ce soient la gouvernante, la cuisinière ou la femme de ménage. Tout le monde dormait profondément au moment du vol. Les coups de feu les avaient toutes réveillées sauf madame Colomb qui portait des boules Quiès. Le policier les avait questionnées sur le dispositif de surveillance mais elles ne semblaient pas au fait de la chose et il voyait mal comment elles auraient pu mettre HS le système toutes seules. Le morceau de papier avec la phrase latine ne leur disait rien non plus. Ou bien l'une des trois était une bonne comédienne ou bien elles étaient innocentes. Martin était sur le ponton et observait les traces de sang. Dire que le matin même il ne les avait pas vues. Trop occupé à regarder le lever de soleil avec Valentine, se disait-il. Heureusement, les experts scientifiques ne sont pas passés à côté.

Martin fût rejoint par Bardin qui avait un bandage à la tête.

- Du neuf, commandant ?

- On avance petit à petit. Et vous, ça va la tête ?

- Comme vous, doucement.

Le policier sortit de sa poche le morceau de papier avec la phrase en latin et le tendit à Bardin :

- Avez-vous déjà vu ceci ?

- *Virgo maria spectat ad puerum suum,* prononça-t-il avec difficulté. Non, ça ne me dit rien du tout. Cela aurait-il un rapport avec l'enquête ?

- L'original de ce papier a été retrouvé près de la gloriette et personne ne l'avait vu jusque là. Etonnant, non ? Le voleur l'avait peut-être sur lui.

Les deux hommes furent rejoints par Elisabeth Bardin qui parla froidement :

- Mon mari doit se reposer, pouvez-vous le laisser tranquille ?

- Je vais bien, je t'assure, répondit son mari.

- Madame Bardin, dit Martin en s'approchant de la femme. Ce papier vous dit-il quelque chose ?

Léonard Bardin tendit le papier à sa femme qui le lut puis répondit sèchement :

- Non, pas du tout. Qu'est ce que c'est ?

Le policier réexpliqua la présence de ce papier puis demanda à la femme :

- Sauriez-vous le traduire ?

- Non, je ne connais pas assez le latin.

- Et vous, monsieur ?

- Mes cours de latin sont lointains, désolé.

- Tant pis, nos experts vont devoir faire le boulot. Bon, je vais rentrer au 36.

- Je vous raccompagne, s'empressa de proposer Elisabeth Bardin.

Une fois dans sa voiture, Martin souffla un bon coup. Cette femme l'agaçait. Saleté de bourgeoise, se disait-il. Il était 19h passées et le soleil déclinait rapidement. Une bonne nuit de repos s'imposait.

***

Simon avait passé l'après-midi à son boulot. Après quelques heures de programmation, il avait réussi à faire ce que Laurène voulait. Bien sûr, le résultat n'était pas digne d'un orfèvre mais un aveugle pouvait s'y laisser prendre. Il avait réveillé Laurène en sonnant à la porte. Celle-ci avait dormi une bonne heure sur le canapé. Pendant ce temps, sa mère avait préparé le dîner mais ne s'attendait pas à voir débarquer un invité. Les deux compères laissèrent Annie au fourneau pour faire leurs cachoteries dans le bureau. Avant de prendre place dans un fauteuil, l'informaticien sortit une chaussette noire de la poche de son jean et en extirpa la reproduction de l'œil bleu.

- Et voilà le travail, dit-il en tendant la pierre à Laurène qui venait de s'asseoir à son tour de l'autre côté du bureau.

Celle-ci observa la copie et répondit avec une mine dépitée :

- Pas joli joli… Mais on fera avec, il faut qu'on attrape Mélanie avant qu'elle ne s'aperçoive de la supercherie.

- J'y ai ajouté un mouchard pour la suivre si besoin.

- Bonne idée… si on arrive jusque là.

Elle marqua un temps d'arrêt puis reprit :

- Cette nuit, le fantôme noir sera de sortie et toi tu vas le guider de loin. On va se garer en retrait. Tu resteras dans la voiture, le temps pour moi d'amener la pierre à Mélanie. Et on part armés !

Laurène sortit deux revolvers, ce qui impressionna Simon.

- Je ne me suis jamais servi de ça moi… dit-il d'un ton pas très rassuré.

- C'est facile je vais t'apprendre. Ton arme est un 22LR 6 coups de Smith&Wesson, je me garde le pistolet automatique. Pour commencer, il suffit d'abaisser le chien comme ceci.

La détective fit le mouvement devant les yeux ébahis de l'informaticien, puis elle poursuivit :

- Il n'est pas encore chargé, rassure toi... Enfin je crois ! Ensuite tu appuie sur la détente, ici, et le coup part... n'oublie pas de viser avant de tirer...

- J'espère que je n'aurai pas à m'en servir.

- Je l'espère aussi. Bon, allons prendre des forces. Ma mère va nous attendre pour le diner.

Tous les deux se levèrent pour se diriger vers la cuisine. Laurène prit soin de fermer à clé la porte de son bureau. On ne sait jamais, sa mère pourrait avoir la mauvaise idée d'y aller pendant le repas. Au moment de s'asseoir à table, la détective regarda son téléphone : pas de nouveau message. Il était exactement 20h02... Dans moins de deux heures maintenant, elle avait rendez-vous avec Mélanie... son ennemie !

10

Le temps s'était couvert et une petite pluie fine s'abattait sur Paris. La nuit était sombre, les lampadaires éclairaient faiblement la rue du quai de l'horloge. Simon avait réussi à y garer sa Clio grise. Il était désormais seul dans l'habitacle… enfin presque seul. Il pouvait discuter avec sa partenaire grâce à un système d'oreillettes. Le fantôme noir glissait dans les rues sombres de la capitale. Laurène était vêtue d'un pantalon, d'une veste, de mocassins et de gants en cuir noir. Une cagoule sombre lui couvrait le visage. Elle ne voulait pas prendre le risque d'être reconnue. Seuls ses yeux brillaient dans la nuit. Avec l'agilité d'un chat, elle arrivait à éviter les quelques promeneurs tardifs. Sous la pluie, le sol était glissant et elle manqua de tomber à la renverse en voulant se cacher dans l'ombre d'un bâtiment. Heureusement, le clodo qui passa près d'elle était ivre et ne la remarqua même pas. Elle passa sous le pont neuf, non loin de l'endroit où était mort quelques mois plus tôt son associé, Romain Stern. Il était près de 22h et son téléphone vibra, elle avait reçu un message : *RDV au saule pleureur au bout de l'île*. Laurène connaissait l'endroit, c'était là que le corps de Romain avait été repêché. Le fantôme noir glissa jusqu'au saule. Le lieu était désert. Au pied de l'arbre, il y avait un petit paquet sombre. Laurène s'en saisit, expliquant ses gestes à Simon qui pouvait suivre les évènements. Celui-ci lui dit :

- Mélanie ne doit pas être loin.

Mais la jeune femme avait beau regarder autour d'elle, elle ne vit personne. Elle prit le paquet et retira le sac plastique qui l'emballait. Elle sortit un objet. C'était un drone. Celui-ci était surmonté d'une petite boîte sur laquelle il y avait un mot qu'elle lut à Simon.

Place le diamant dans la boîte,

Pose le drone au sol,

Et va-t'en,

Ne tente pas de le suivre.

Elle s'exécuta, mit le diamant avec la chaussette dans le petit écrin et posa le drone au sol, puis s'écarta. Rien ne se passa. Son téléphone se mit à vibrer. Elle avait reçu un message de Mélanie qui lui disait : *je t'ai demandé de partir !* Une nouvelle fois, elle n'avait pas le choix. Elle dut céder. Elle se retourna et s'en alla vers le quai de l'horloge.

- Alors Simon, tu as le signal ? demanda-t-elle.

L'informaticien regarda sa tablette tactile. Sur le plan, un point lumineux vert clignotait.

- Oui, je l'ai. Tout fonctionne.

- Ok, ne perds pas sa trace. Je suis sûr que Mélanie n'est pas loin.

Sur l'écran de Simon, le point se mit à bouger.

- Ça bouge, Laurène.

- D'accord, guide-moi, je vais le suivre à distance.

- Il se dirige vers le quai des orfèvres, indiqua Simon.

Laurène se mit à courir. Elle devait faire attention à ne pas glisser sur les pavés. Elle repassa sous le pont neuf et manqua de bousculer un SDF.

- Le drone traverse la Seine vers le quai des grands Augustins, signala l'informaticien.

- Merde, on n'est pas du bon côté. On prend la bagnole. J'arrive.

- Non, je pars sans toi.

Simon n'attendit pas la réponse de la jeune femme. Il posa sa tablette sur le tableau de bord et démarra la Clio.

- N'y va pas tout seul, lui disait la voix féminine dans son oreillette.

Mais l'informaticien ne voulait pas laisser s'échapper Mélanie, la responsable de la mort de son ami, Romain. Il retira l'oreillette et la lança sur le siège passager. Du quai de l'horloge, il se dirigea vers le pont Neuf et le quai de la mégisserie. Avec tous les sens interdits dans Paris, cette course allait être compliquée. Il faillit renverser un scooter en le frôlant. La Seine traversée, il continua sur le pont Notre-Dame pour retraverser la Seine vers la rue de la cité, puis le quai Saint-Michel. Le point lumineux sur l'écran devant lui était arrivé rue de Savoie et continuait d'avancer vers la rue Saint-André-des-Arts. Tant mieux, il se rapprochait.

Simon avait atteint la place Saint-Michel et le drone continuait vers la rue Suger. Il se rapprochait mais fût stoppé dans sa course au feu rouge de l'intersection avec la rue Hautefeuille. L'informaticien rongea son frein tandis que le point lumineux continuait en direction de la rue Danton. Le feu passa au vert. Simon démarra en trombe et jeta un coup d'œil à l'écran de la tablette. Le drone venait de s'arrêter rue Serpente. La Clio traversa à vive allure la rue Danton jusqu'à l'intersection avec la rue où s'était fixé le point lumineux. Celle-ci étant en sens interdit, Simon posa sa voiture à l'intersection puis décida de continuer à pied. Sa tablette sous le bras, il courut. A une trentaine de mètres il vit une silhouette sur un scooter. La fine pluie masquait la visibilité. A une dizaine de mètres de l'individu, Simon entendit le bruit du moteur qui démarrait. Il ne fallait pas qu'il lui échappe. Il continua sa course tandis que le véhicule se mettait en mouvement. Comment l'arrêter ? L'informaticien regarda autour de lui mais ne trouva pas, il avait oublié le revolver dans la voiture. Le scooter allait passer près de lui. En quelques dixièmes de seconde, Simon se décida. Il prit sa tablette et la lança sur le casque de l'inconnu. Celui-ci déséquilibré, tomba au sol. Le scooter finit sa course dans une poubelle. Simon se saisit de l'individu mais celui-ci le repoussa d'un violent coup de pied. L'informaticien trébucha et chuta. Sa tête heurta violemment le sol et il fut étourdi. Il n'eut pas le temps de se remettre qu'il vit deux jambes s'approcher de lui. Une main le saisit par les cheveux et une autre lui assena un violent coup de poing. Puis tout devint noir…

***

Laurène attendait un coup de fil de Simon. Il s'était écoulé un quart d'heure depuis que l'informaticien l'avait plantée. Pourvu qu'il rattrape le drone, se disait-elle. La sortie nocturne ne se déroulait pas comme prévu. Il faut dire que le plan était audacieux. Trop sans doute. Il y avait trop de risque. Cependant, Laurène espérait toujours avoir des bonnes nouvelles de la part de Simon. Ces dernières minutes lui avaient donné chaud et la sueur lui picotait le visage. Elle avait donc retiré sa cagoule. Marchant dans la rue du quai de l'horloge, la détective scrutait l'écran de son téléphone. Le temps semblait figé. Elle ne prêta pas attention à un SDF qui lui demandait l'aumône. Lorsqu'elle leva les yeux de son petit appareil, elle fut surprise de le voir. Elle lui dit qu'elle n'avait pas un sou et celui-ci s'éloigna. Laurène était inquiète, aucune nouvelle de Simon, ni de Mélanie. Elle tenta une nouvelle fois d'appeler son ami mais celui-ci ne répondait toujours pas. Que devait-elle faire désormais ? Elle avait rejoint la place de parking libérée par la Clio quelques instants plus tôt.

Devait-elle attendre ici ?

Devait-elle rentrer chez elle ?

***

Simon avait du mal à émerger. Son crâne lui faisait horriblement mal. Ses yeux s'ouvrirent tout doucement. Il était allongé dans la rue comme un clochard et trempé par la pluie qui ne cessait de tomber. Il se redressa lentement en se frottant la tête. Son tee-shirt Batman en avait pris un coup. Mais sur le noir de celui-ci, une chose attira l'œil de l'informaticien. Un bout de papier était épinglé au niveau du ventre. Simon se mit debout avec difficulté et observa les alentours. L'endroit était désert. Les souvenirs de sa course poursuite remontaient à la surface. Le scooter planté dans les poubelles avait disparu. Seule sa tablette trainait au milieu de la rue. Elle n'était plus intacte. Il fit quelques pas et baissa la tête pour décrocher la feuille de papier. Sa vue n'étant pas entièrement revenue à la normale, il lut avec difficulté les quelques mots griffonnés : *Tu te paies ma tête, tu vas payer*. Putain, ça ne sent pas bon, se dit-il. Qu'avaient-ils fait ? Leur plan était foireux d'entrée de jeu et ils allaient le payer le prix fort. Simon retourna à sa voiture… Mais celle-ci avait disparu. Son téléphone était à l'intérieur…Il tendit son poignet gauche et regarda sa montre. Il était presque 23h. Laurène devait s'inquiéter. Il devait trouver un moyen de lui donner des ses nouvelles et l'avertir du danger que courrait Océane. Car Mélanie allait mettre ses menaces à exécution. Le mot était clair.

11

Laurène avait finalement choisi d'appeler un taxi pour rentrer chez elle. Celui-ci était arrivé rue du quai de l'horloge un peu avant 23h. La détective était épuisée mais elle ne pût s'assoupir dans la confortable Mercedes. Elle était toujours sans nouvelle de Simon et tous ses appels restaient vains. Le taxi la déposa chez elle où elle entra à pas de loup pour y prendre de quoi payer la course. Sa mère était déjà couchée et semblait dormir profondément. Elle prit sa carte bleue dans le bureau et retourna payer le taxi. Une fois celui-ci parti, son téléphone vibra. Enfin, se dit-elle. Elle prit l'appareil, le numéro affiché à l'écran lui était inconnu. Bonne ou mauvaise nouvelle ? Elle décrocha. C'était Simon qui appelait depuis le portable d'une âme charitable :

- T'es où Simon ? Que s'est-il passé ?

- Je ne peux pas rester longtemps. C'est pour t'avertir que je vais bien.

Laurène fut soulagée mais pour une courte durée car Simon continua :

- Mais, Mélanie m'a eu. Elle va mettre ses menaces à exécution.

- Tu l'as vue ? Tu as vu Mélanie ? demanda Laurène angoissée.

- Pas exactement, impossible de dire si c'était elle ou non. Mais j'ai été assommé et lorsque je me suis réveillé, un mot était épinglé sur mon t-shirt.

- Il dit quoi ?

- Tu ne vas pas aimer. Il est écrit : *Tu te paies ma tête, tu vas payer* !

La détective en resta coite et Simon continua :

- Il faut que je te laisse Laurène. Ne fais pas de connerie. On se recontacte demain matin.

Il raccrocha sans attendre de réponse. La jeune femme restait malgré tout avec le téléphone collé à l'oreille. Les idées fusaient mais elle ne savait pas laquelle était la bonne. Que faire ? Sa fille était en danger, c'était une certitude. Elle devait la protéger à tout prix. Mais quand Mélanie passerait-elle à l'action ? Il était sans doute trop tard ce soir pour faire quelque chose. Elle avait la nuit pour se reposer et elle en avait bien besoin car demain l'attendait une dure journée…

***

Job attendait dans sa voiture. Où plutôt celle de location, une Ford fiesta. Cela faisait longtemps qu'il n'avait pas conduit mais c'est comme le vélo, on n'oublie pas. Il était garé près de la résidence d'Antoine Cansi. Depuis deux jours, il surveillait les allées et venues de la fille. Depuis que cette femme était venue le trouver dans son abri de fortune. Job, un surnom ridicule donné par ses copains de la rue. Une histoire de la bible. Il ne se rappelle plus très bien comment cela est venu. Il a préféré oublier son ancien prénom et son ancienne vie. Avec ses cheveux prématurément blancs et sa barbe poivre et sel, Job fait plus vieux que son âge. On lui donnerait aisément la bonne cinquantaine. Sa vie a changé, il y a deux jours, lorsque cette drôle de femme est venue avec une bonne liasse de billets. Elle avait une mission pour lui. Il devait surveiller la fille Cansi. La surveiller jusqu'à nouvel ordre. Lequel vient d'arriver. En pleine nuit ! Il doit enlever et séquestrer la jeune fille. Dommage que l'ordre ne soit pas arrivé une heure plus tôt, il aurait pu la choper à la sortie du ciné. Tant pis, ce sera pour demain. Les occasions n'ont pas manqué en deux jours… Il est sûr de pouvoir le faire assez rapidement. Il a hâte. C'est qu'elle est mignonne la petite. Depuis des années qu'il n'a pas touché une femme. Et celle là lui plait bien. Même si on lui a dit de ne pas lui faire de mal, il aimerait bien en profiter un petit peu. Rien que d'y penser, ça se durcit dans son slip. Ça faisait bien longtemps qu'il n'avait pas sentit un tel afflux. Le voilà excité comme jamais. Bon calme toi, Job, se dit-il, tu as encore la nuit à patienter. Demain, tu pourras partir chasser.

***

La nuit avait été courte et agitée. Il n'était que 5h30 mais Laurène était déjà réveillée. Elle n'avait qu'une seule envie, passer à l'action rapidement. Depuis un moment, elle se triturait le cerveau avec différentes options mais désormais sa décision était prise. Elle allait appeler les Cansi. Elle devait les prévenir qu'Océane courait un danger. Comment allaient-ils réagir ? Elle s'en fichait. Le principal était de les alerter afin qu'ils fassent le nécessaire. Eux-seuls pouvaient la protéger. Laurène n'était rien pour Océane. Elle n'existait même pas à ses yeux. Le seul problème était l'heure encore trop matinale pour les appeler. Elle devait donc ronger son frein en attendant. Elle n'osait même pas se lever car sa mère dormait encore dans le salon. Elle était comme prisonnière dans son propre appartement. L'inaction lui pesait terriblement et le temps jouait contre elle. Pourvu qu'il n'arrive rien à Océane, se répétait elle.

***

Pour Océane également la nuit avait été courte. Elle était rentrée tard du ciné et devait se lever tôt pour aller à son concours hippique. Elle pratiquait le cheval depuis qu'elle avait 8 ans, au centre équestre de Chatou. Elle était une excellente écuyère et sa jument favorite s'appelait Niké, comme la déesse grecque de la victoire. Toutes les deux faisaient des merveilles lors des concours de sauts d'obstacles. Ce dimanche, elle devait partir à Orléans faire un grand concours. Elle devait rejoindre Isabelle, sa coach, avenue Marechal Foch, face au commissariat à 6h précises. Il était déjà 5h49 et Océane n'était pas encore sortie de chez elle. Dans la villa des Cansi, l'adolescente était seule à se préparer. Ses parents dormaient encore à l'étage. Ils avaient prévu d'aller la voir pour le début du concours, de quoi leur donner le temps de faire la grasse matinée. Elle quitta la maison à 5h56 et envoya immédiatement un texto à Isabelle pour la prévenir de son retard. Elle sortit un paquet de clopes et un briquet de sa veste grise et s'arrêta pour allumer une cigarette. Dans l'avenue Jean Mermoz, elle marchait d'un pas rapide tout en fumant. Une voiture s'approcha lentement à sa hauteur et le conducteur l'interpella :

- Mademoiselle, vous ne sauriez pas où est l'avenue d'Alsace, ça fait un bon moment que je tourne en rond ?

Océane s'arrêta et regarda l'homme. Il n'avait pas fière allure avec ses cheveux mal coiffés et sa barbe mal taillée. Ses yeux bleus ressemblaient à des yeux de chien battu et, pour continuer dans les ressemblances animales, il donnait une impression générale de brebis égarée. Elle situait bien l'avenue d'Alsace mais ses explications étaient laborieuses. Une fois les renseignements donnés, l'homme reprit la parole :

- Merci mademoiselle, vous voulez que je vous amène quelque part ?

L'adolescente regarda sa montre Tissot. Il était déjà 6h. Elle était à la bourre et accepter l'offre de cet homme lui ferait gagner cinq bonnes minutes. Après tout que risquait-elle ?

- Je veux bien dit-elle. Je vais dans la même direction que vous.

- Alors montez, s'empressa de dire l'homme avec un sourire mauvais qu'Océane ne vit pas car trop occupée à écraser sa clope sur le trottoir.

La jeune fille ouvrit la portière et s'assit dans la Ford fiesta.

Elle ne le savait pas encore mais elle venait de faire un mauvais choix.

Elle ne rejoindrait jamais Isabelle.

Elle n'irait jamais à son concours hippique.

Elle venait de rejoindre l'Enfer.

12

Laurène avait fini par se rendormir sans s'en rendre compte. Lorsqu'elle émergea, il était déjà 9h12. En voyant son réveil, elle sauta de son lit et attrapa son téléphone portable. Elle avait reçu un mail de Simon qui lui disait que tout allait bien mais qu'il ne l'appellerait qu'en fin de journée car il s'occupait seul de Gabriel. Elle enfila une sortie de lit bleue pastel et se dirigea discrètement vers son bureau pour ne pas voir sa mère tout de suite. Laurène entendait du bruit provenant de la cuisine, Annie devait être en train de préparer le petit déjeuner. Une odeur de café commençait à embaumer l'appartement. La détective se glissa dans le bureau mais elle n'avait pas fermé la porte qu'elle entendit la voix de sa mère :

- Laurène, c'est toi ? Tu es réveillée ?

Et merde, se dit la jeune femme, je ne peux même pas être tranquille. Elle rouvrit donc la porte et sortit son plus beau sourire :

- Bonjour maman.

- Bonjour ma chérie, tu ne viens pas manger ?

- J'ai un coup de fil urgent à passer et j'arrive.

- Une urgence ? Un dimanche ? Encore cette histoire d'œil bleu. Décidément tu ne laisses jamais tomber.

- Je dois tenir ça de toi ! Bon, je te rejoins dans cinq minutes.

- A tout de suite, répondit Annie en tournant les talons.

Ouf, Laurène tu t'en es bien sortie, pensait la détective en refermant la porte. Elle alla derrière son bureau et prit le dossier Antoine Cansi qu'elle avait récupéré dans le repaire du fantôme noir. Elle y trouva le numéro de téléphone qu'elle cherchait et le composa sur son portable. Pendant une partie de la nuit, elle avait pensé à ce qu'elle dirait mais elle avait tout oublié et était partie pour une improvisation. Son cœur cognait fort dans sa poitrine et elle s'assit à son bureau à la première tonalité. Qu'était-elle en train de faire ? Elle étouffait tellement, elle avait chaud. Sa peau était moite.

Deuxième tonalité.

Ils allaient la prendre pour une cinglée c'est sûr.

Troisième tonalité.

Qu'allait-elle faire si personne ne décrochait ?

Il n'y eut pas de quatrième tonalité, une voix sortit du combiné.

Une voix féminine. Sûrement la mère adoptive d'Océane.

- Oui, allô ?

- Bonjour, madame Béatrice Cansi ?

- Oui, moi-même. Que voulez-vous ?

La voix était froide et sèche.

- C'est au sujet de votre fille.

- C'est vous qui l'avez enlevée, s'exclama la mère d'Océane affolée. Qu'avez-vous fait de ma petite fille ? Pourquoi vous en prendre à elle ? Que voulez-vous ?

Les questions fusaient et Laurène resta silencieuse. Elle ne pouvait prononcer un seul mot. Mélanie n'avait pas perdu de temps. Elle était déjà passée à l'action pendant la nuit. Pendant que je dormais, pensait la détective, j'aurais dû aller au Vésinet dès cette nuit et ne pas rentrer ici. J'aurais pu la protéger.

- Pourquoi vous ne dites rien ? continuait Béatrice Cansi.

Mais Laurène ne put rien dire. Elle retira le téléphone de son oreille et raccrocha sans dire un mot. Ainsi, le mal était fait et il lui fallait agir et agir vite. Elle devait retrouver ce maudit caillou ! Elle devait reprendre l'action dès ce matin. Mais avant, un petit déjeuner copieux l'attendait.

***

Martin n'aimait pas travailler le dimanche. Mais aujourd'hui, il n'avait pas le choix. Le procureur de la République avait fait une belle intervention télévisée et mettait une pression sur les policiers. Le commissaire Dardu avait été clair, il fallait régler ça vite et bien. Compte-tenu de la médiatisation, ils n'avaient pas le droit à l'erreur. Le commissaire avait même exigé un compte-rendu toutes les deux heures, c'est dire si la situation était grave. Elle l'était d'autant plus qu'une autre équipe d'enquêteurs venait d'être mobilisée sur une affaire de disparition inquiétante au Vésinet. Une adolescente. Un de ses collègues lui avait avoué à demi-mot qu'il s'agissait sûrement d'une fugue. Mais c'était la fille du richissime Antoine Cansi, alors les grands moyens avaient été déployés.

Martin et Valentine sortaient du bureau de Dardu lorsque Julien de la police scientifique vint à leur rencontre. Il manqua de peu une collision avec le duo de policiers dans le couloir aux murs défraîchis.

- Excusez-moi, heu... Bonjour, c'est vous que je venais justement voir, commença-t-il.

- Bonjour Julien, répondirent Valentine et Martin en se regardant d'un œil moqueur.

- Il y a du neuf !

- Venez-en au fait, s'exclama Martin qui n'avait pas envie de jouer aux devinettes.

- Je commence par quoi ? La phrase ou l'analyse ADN ?

- Je ne sais pas… la phrase, dit le policier impatient. Elle veut dire quoi ?

- La vierge regarde son enfant… un truc comme ça…

- Et concrètement, ça nous avance à quoi ? demanda l'officier Rano.

- Aucune idée.

Etant dans le couloir, ils s'écartèrent pour laisser passer des inspecteurs qui semblaient pressés. Martin reprit :

- Allons dans mon bureau.

Ils se dirigèrent tous les trois vers le cagibi de Mérier. Arrivés, Martin s'assit sur son fauteuil et prit un crayon. Il nota sur une feuille la traduction donnée par le stagiaire puis regarda Rano :

- Cela ne nous avance pas vraiment.

- Non, si ce n'est que l'œil bleu ferait partie intégrante d'un code ou quelque chose comme ça, répondit la jeune femme.

- Et l'analyse ADN ? demanda Martin en se tournant vers Julien qui était resté sur le seuil de la porte.

- J'ai une bonne et une mauvaise nouvelle.

Martin agacé par le Pierre Richard de la police ne prit pas la peine de commenter. Le jeune homme continua donc :

- La bonne, le séquençage a matché avec un ADN de la base.

Nouveau silence. Le stagiaire poursuivit face au regard noir du commandant :

- La mauvaise c'est que notre homme est mort.

- Depuis quand ?

- Hier matin, il a été retrouvé dans un squat. Deux balles dans le buffet… comme on dit dans les films.

La blague ne fit pas rire Martin qui reprit :

- Comment il s'appelle ton macchabée ?

- Anthony Mallet, aussi surnommé la fouine. Une forte tête avec un casier déjà long.

- Rano, dit le policier, je veux tout savoir de lui. Je veux un dossier complet et rapidement, s'il te plait.

- Ok, je fais ça aussi vite que possible dit Rano qui sortit immédiatement de la pièce.

- Si tu n'as rien d'autre Julien, tu peux retourner à ton labo, dit Martin d'un ton sec.

Le pauvre stagiaire se retourna et se trouva face à l'imposante carrure de Dardu. Le commissaire faisait près d'un mètre quatre-vingt-dix et pesait un bon quintal. Celui-ci dit de sa grosse voix :

- Qu'est-ce que vous faites là, vous ? N'embêtez pas mon équipe. Allez ouste, du balai.

Le jeune s'empressa de détaler. Stagiaire n'est pas toujours simple. Dardu entra, d'une main il se grattait la barbe naissante et l'autre caressait son crâne quasiment lisse. Il semblait ennuyé :

- Qu'y-a-t-il commissaire ? demanda Martin.

Dardu prit son temps pour répondre, ce qui intrigua encore plus le commandant. Enfin, le commissaire sortit du silence :

- Cette histoire d'enlèvement au Vésinet.

- Oui, et bien cela ne nous regarde pas ?

- Et bien il se pourrait que tout soit lié !

- Comment ça ?

- Il se peut que ce soit Laurène Hugues qui ait enlevé la fille Cansi !

Martin était abasourdi. Cette information frisait le ridicule. On se moquait de lui évidemment. Mais Dardu continua :

- Elle a appelé les Cansi, il y a une demi-heure. Elle n'avait pas caché son numéro.

- Et qu'a-t-elle dit ? Elle a réclamé quelque chose ?

- Non, elle n'a strictement rien dit !

- Il doit y avoir une logique, non ?

- C'est ce que nous verrons lors de l'interrogatoire. Je veux que vous l'observiez. Vous connaissez bien madame Hugues, je veux que vous scrutiez ses réactions. L'inspecteur Azem mènera l'interrogatoire.

- Ne puis-je pas y participer ? demanda Martin qui ne voulait pas laisser la main à Azem.

- Non, vous connaissez trop bien la suspecte. On vous fera signe le moment venu. Continuez à chercher l'œil bleu.

Sur ces paroles qui n'appelaient aucune discussion, Dardu tourna les talons et sortit de la pièce laissant Martin songeur. Putain, c'est quoi ce merdier, se demandait le policier. Il avait envie de parler à Laurène. Mais sa ligne devait être désormais sous surveillance. Il ne pouvait pas l'appeler sans se faire repérer. Qu'est-ce que Laurène avait à voir avec les Cansi ? Il était impossible qu'elle enlève qui que ce soit. Quel était le rapport avec l'œil bleu ? Pour Martin, cette matinée s'avérait finalement plus trouble que prévu. Il n'aimait vraiment pas travailler le dimanche.

13

Il y a 16 ans, Hérouville-Saint-Clair

Je suis allongé dans mon lit et je ne trouve pas le sommeil. Aujourd'hui, Noémie est revenue poser des questions. Je n'ai rien dit. Je n'ai pas osé. Une nouvelle fois. Laurène est enceinte et elle ne se rappelle pas avec qui elle a couché. Elle ne se rappelle pas de nos ébats, cette nuit-là. Pour moi, c'était la première fois. Mon sexe n'avait pas encore pénétré l'intimité féminine. Je n'ai pas oublié ce moment. Je n'ai pas oublié la douceur de ses seins dans mes mains. La saveur sucrée de sa peau. Son odeur enivrante. Ou était-ce l'alcool qui m'enivrait ? Bien sûr, il me manque quelques instants de cette nuit-là. Mais de cet acte, je me souviens de tout. Bien sûr, j'ai voulu en parler le lendemain. D'abord à Laurène, pour avoir son ressenti. Mais en l'entendant parler de la soirée, elle ne semblait se rappeler de rien. De rien du tout. Même pas de nous dans un lit. Alors après, je ne pouvais pas m'en vanter devant les copains, il n'y avait aucun témoin. Je n'ai donc rien dit.

Par la suite, j'ai appris que Laurène était enceinte. Le souvenir de cette folle soirée m'est instantanément revenu. J'avais mis une fille en cloque ! Moi qui n'avais encore jamais couché !

Mais comment être père à dix-sept ans ? Comment assumer ce rôle ? Laurène et Noémie ont posé des tas de questions. Tout le lycée s'interroge. Qui est le malheureux qui a mis en cloque Laurène ? Qui est l'imbécile qui n'a pas pris ses précautions ? C'est sûr, si j'avouais, on parlerait dans mon dos. Ma vie serait foutue. Là encore je n'ai rien dit.

Les jours passent, Noémie est revenue m'interroger sur la soirée. Je m'enfonce dans mon mensonge. Non, ma chère, je n'ai rien vu. Je n'avais pas trop bu. Si j'avais vu quelque chose, je m'en souviendrais, c'est certain. Désolé, je ne peux pas t'aider. J'espère que Laurène trouvera le père de son enfant. Des mensonges, encore des mensonges... Mon père qui me répète, heureusement que ce n'est pas toi, tu aurais pris une sacré raclée. Oui, papa, heureusement, ce n'est pas moi. Encore un mensonge.

Ce soir, je n'en peux plus. Il faut que je parle. Mais à qui ?

J'ai donc pris mon crayon et une feuille et je me suis mis à écrire.

J'en suis là. J'en suis à parler à personne ou plutôt à écrire pour personne.

Juste pour libérer ma conscience.

Pour que je puisse vivre en paix avec mes mensonges.

***

De nos jours, Puteaux

- Alors qu'as-tu prévu aujourd'hui ?

La question brisa le long silence qui régnait depuis que Laurène s'était installée à table, devant un bol de café presque terminé. Annie se tenait face à elle tenant dans ses deux mains son bol bien chaud. Laurène était inquiète mais elle ne voulait pas le faire voir à sa mère. Avec un timide sourire elle répondit :

- Il faut que je revoie Simon au sujet de l'œil bleu. Nous devons le retrouver.

- Tu n'es toujours pas décidée à laisser cette affaire à la police, soupira Annie. Tu pourrais te reposer. Nous pourrions aller visiter un musée ou je ne sais quoi. Ce n'est pas tous les jours que je viens à Paris.

- C'est que… tu n'es vraiment pas tombée au bon moment.

- Avec toi, ce ne sera jamais le bon. Profitons de la journée pour faire une activité ensemble.

La sonnette de l'entrée retentit. Ouf, se dit la détective, je n'aurais pas à répondre à cette question. Malheureusement pour elle son soulagement sera d'une courte durée.

Elle se leva et alla ouvrir la porte toujours vêtue de sa sortie de nuit. Elle fût stupéfaite de trouver devant elle deux inspecteurs de police qui étaient entrés dans l'immeuble grâce à un passe. L'un était d'origine maghrébine, il avait un visage un peu rond qui n'allait pas avec sa carrure d'athlète. L'autre, petit et maigrelet, portait les cheveux longs tandis son collègue les avait courts. On aurait pu les prendre pour Laurel et Hardy. Ils s'adressèrent à elle comme à une coupable :

- Madame Laurène Hugues ? demanda le maghrébin. Je suis l'inspecteur Azem et voici l'officier Wallace. Pouvez-vous nous suivre s'il vous plait ?

- Pourquoi ? Vous m'arrêtez c'est ça ? interrogea Laurène stupéfaite.

La détective était d'autant plus étonnée que Mérier n'était pas là. Ça ne sentait pas bon tout ça.

- Nous souhaitons vous interroger au sujet d'Océane Cansi, dit Azem, veuillez nous suivre sans faire d'histoire.

Stupeur ! Comment les flics avaient-ils fait le lien entre elles ?

Laurène en resta interdite un instant avant de répondre :

- Vous permettez d'abord que j'aille me ch…

- Que se passe-t-il ici ? coupa Annie en arrivant derrière sa fille.

Nouvelle stupeur ! Laurène se retourna avec Wallace et dit :

- Ce n'est rien maman, ces policiers veulent m'interroger une nouvelle fois.

- Tu ne vas tout de même pas y aller en chemise de nuit ! Et vous, dit-elle en s'adressant à l'officier, laissez ma fille tranquille !

Les deux policiers se regardèrent et manquèrent de peu une crise de fou rire.

- Maman, soupira la jeune femme, il ne fait que son travail et j'allais justement me changer.

Elle se retourna et demanda :

- Me permettez-vous d'aller me changer ?

- Nous vous laissons cinq minutes, répondit Wallace. Nous vous attendons ici.

Laurène s'éloigna, laissant les deux flics sur le seuil. Elle se dirigea vers sa chambre suivie de sa mère. Une fois seules, Annie s'inquiéta :

- Que se passe-t-il ? Qu'as-tu fait ?

- Rien d'illégal, je te rassure. Ces policiers vont seulement m'entendre et me relâcher ensuite. Maintenant, laisse-moi me changer.

- Je t'accompagne au poste.

- Non, tu restes ici, je te tiens au courant, répondit Laurène en poussant sa mère vers le couloir.

Seule dans sa chambre, la détective s'activa pour se changer au plus vite. Elle enfila un jean et un pullover bleu marine à toute vitesse. Avant de rejoindre les policiers, elle passa par la salle de bain pour se rafraichir le visage et se donner un coup de peigne. Tout en faisant cela, son cerveau turbinait pour savoir comment elle allait pouvoir se sortir de ce mauvais pas. Mais elle n'avait pas de solution immédiate. Elle envoya simplement un texto à Simon pour l'avertir puis retourna dans l'entrée. Laurel et Hardy l'attendaient sagement. Elle dit à sa mère qui était dans la cuisine :

- A tout à l'heure maman.

Puis, elle s'adressa aux policiers dans un faux sourire :

- Allons-y messieurs !

***

Job observait l'adolescente depuis de longues minutes. Elle était ligotée sur un vieux lit dans un coin de la pièce. Le matelas sur lequel elle reposait était crasseux. D'une manière générale, la pièce n'était pas un modèle de propreté. Dans un coin, se trouvait le lit où Océane était tenue prisonnière. Au centre, une table ronde en bois massif et deux chaises assorties. Sur un côté, une kitchenette désuète également en bois massif et en face, un canapé en cuir marron bien abimé. Job y était assis et regardait toujours la jeune fille dormir. Le somnifère qu'il lui avait injecté faisait encore son effet. Une fois dans la voiture, ça n'avait pas été difficile de lui enfoncer la seringue dans le flanc. Il n'avait touché à la jeune fille que pour la transporter sur le lit. Il avait été tenté de la caresser. Il aimerait lui sauter dessus, lui arracher ses vêtements, la peloter et la pénétrer. Mais pour le moment, il arrivait à contenir ses pulsions. Lorsqu'elles devenaient trop grandes, il détournait les yeux et regardait par la fenêtre. Il observait les arbres malmenés par le vent. La vue des feuilles qui commençaient à s'envoler en ce début d'automne l'apaisait. Son téléphone, ou plutôt celui que la femme lui avait prêté, sonna. C'était justement elle qui lui demandait par message de lui envoyer une photo de l'adolescente. Alors, il démarra l'application appareil photo du portable et s'approcha d'Océane. Elle était belle, même décoiffée. Son visage, plein de tâches de rousseur semblait serein et apaisé. Le souffle de son sommeil était léger. Job était excité. Son visage dur, se déformait à mesure que son excitation grandissait. Son sexe était bandé à en craquer son slip. Ses mains tremblaient. Faire la photo c'est tout, je dois la faire au plus vite, se disait-il. Il pointa donc le téléphone vers la jeune fille et prit le cliché. Avec ses tremblements, elle était un peu floue. Mais tant pis, il ne voulait pas regarder l'adolescente plus longtemps. Il se retourna, ouvrit la porte et se retrouva à l'extérieur où il prit un bon bol d'air. Son excitation diminuait, son sexe se détendit et ses tremblements cessèrent peu à peu. Il envoya la photo à sa « patronne » dont il ne connaissait même pas le nom. Pourquoi cette femme s'en prenait-elle à cette jeune fille ? Cette question lui traversa l'esprit en envoyant le message. Mais après tout, il s'en fichait pas mal. Il recevait un bon pécule pour ce boulot, c'est tout ce qui importait. La photo avait été transmise, maintenant il n'avait qu'à attendre le prochain ordre. Sa seule mission pour le moment était de bien traiter Océane et donc de contenir ses envies. Il rentra et ferma bien la porte derrière lui. Ils étaient seuls, dans une petite cabane perdus au milieu des bois. En regardant une nouvelle fois sa proie, il pensa que ça allait être dur de résister, vraiment très dur…

***

Crâne rasé, yeux bleus perçants, visage osseux et dur, cicatrice sous l'œil droit : sur le mur de la petite salle de réunion, la tête d'Anthony Mallet était diffusée grâce au vidéoprojecteur situé sur la table au centre de la pièce. Rano faisait défiler les clichés de l'homme depuis l'ordinateur et commentait à Martin, assis en face d'elle :

- Anthony Mallet, 29 ans, connu des services de police depuis l'âge de 15 ans. Vols à l'étalage, trafic de drogue, agressions puis cambriolages d'appartements et de maisons. En banlieue, on l'appelait la fouine. Pour son vingt-et-unième anniversaire, il a pris 3 ans de prison ferme. Deux ans plus tard, il était remis en liberté. Depuis, nous n'avons plus entendu parler de lui. Comme si la fouine s'était assagie.

- Pas de nouvelle de lui pendant 6 années et nous le retrouvons mêlé à un cambriolage audacieux. Des proches ?

- Pas vraiment, il est issu de la DDASS. Il fréquentait rarement le squat où il a été retrouvé mort donc personne ne le connaissait vraiment d'après les autres squatteurs.

- Mouais, comme témoignage ça ne vaut pas grand-chose. Et une adresse connue ? demanda Martin.

- Oui mais pas du tout à Paris.

- Ah bon ? Où ça ?

- A Rennes, en Bretagne. Nos collègue bretons vont perquisitionner aujourd'hui son studio.

Martin resta pensif. Comment un petit malfrat de seconde zone a-t-il pu réussir un coup comme celui-ci ? Il questionna de nouveau Rano :

- Il a dû nouer de nouvelles relations en prison. De toute évidence, il y a eu un avant et un après. Avons-nous enquêté de ce côté-là ?

- Pas encore. Je vais le faire et je te tiens au courant.

- Ok, tu n'as rien d'autre comme information ?

La policière n'eut pas le temps de répondre. L'officier Wallace venait de débarquer dans la pièce et s'exclama :

- Laurène Hugues est là, Mérier !

- Très bien, j'arrive.

Le petit policier sortit de la salle de réunion et Rano s'enquit auprès de Martin :

- Laurène ? Que fait-elle avec Wallace et Azem ?

- Une drôle d'histoire, j'espère y voir plus clair dans quelques instants. Continue de creuser sur notre Anthony Mallet.

Sur ces paroles, il se leva et se dirigea vers la salle d'interrogatoire. A quoi devait-il s'attendre ?

14

L'inspecteur Khaled Azem avait le visage grave. Dans la sombre salle d'interrogatoire il se tenait assis face à Laurène, de l'autre côté de la table centrale. Sur leur droite une vitre sans tain les séparait de Martin Mérier. Celui-ci venait d'arriver et Azem avait déjà commencé à questionner la détective. Celle-ci voulait adopter une attitude désinvolte, mais face à la gravité de la situation elle avait du mal à tenir son rôle.

- Madame Hugues, je vous repose la question, disait le policier. Avez-vous enlevé Océane Cansi ?

- Inspecteur, je vous le répète, non.

- Alors pourquoi avoir appelé les Cansi ce matin ?

- Il s'agissait d'une erreur, mentit Laurène. Je n'ai rien à voir avec cette histoire.

- Où étiez-vous à 6h ce matin ?

- Chez moi, dans mon lit, soupira la jeune femme. Ma mère pourra vous le confirmer.

Enfin j'espère, pensa-t-elle.

- Vous n'avez donc rien à nous dire, continua Azem. Tout cela est une regrettable erreur.

Laurène leva les bras en souriant puis le policier reprit :

- Je vais vous dire ce que je pense. Je pense que vous ne nous dites pas la vérité. Vous êtes mêlée de façon étrange à différentes affaires et tout cela en moins de six mois. Peut-être que Mérier vous croit sur parole, dit-il en jetant un regard à la vitre. Mais, j'ai bien étudié votre dossier et je pense que vous jouez un rôle tout, sauf innocent, dans cette affaire...

Martin était agacé par le comportement de l'inspecteur Azem. Laurène était innocente dans cette histoire d'enlèvement, il en était sûr. La détective était bien trop maligne pour laisser apparaître son numéro de téléphone. Non, la vérité était ailleurs.

L'officier Rano débarqua dans la pièce où Mérier se tenait et s'exclama :

- Martin, je sais quel est le rapport entre Cansi et Laurène.

Le policier se retourna pour observer la nouvelle venue et lui demanda :

- Comment ça ? Qu'as-tu découvert ?

- L'accouchement sous X, répondit-elle. Océane n'est pas la fille naturelle des Cansi.

- C'est... c'est la fille de Laurène, balbutia Martin.

- Et je crois qu'elle l'a retrouvée.

- Mais elle ne l'a sûrement pas enlevée. Il faut que je reprenne la main sur l'interrogatoire.

- Non, Azem ne voudra jamais. Laisse-moi faire.

Le commandant hésita. Cependant, elle avait raison et il n'avait pas le choix.

- Ok, vas-y, dit-il. Ne sois pas trop dure.

Rano sortit de la pièce sans tarder et Martin se retourna pour suivre l'interrogatoire.

- Je vais vous mettre en garde à vue, poursuivait Azem qui commençait à bouillir.

Il fut interrompu car on frappait à la porte. Il se leva et l'ouvrit. Après un bref échange, il s'effaça pour laisser entrer l'officier Rano. Celle-ci prit la place de l'inspecteur sur la chaise. Ce dernier restant debout près de la porte afin de faire oublier sa présence. La policière commença sans préambule en plongeant son regard dans les yeux verts de Laurène :

- Je sais qui est Océane Cansi. Vous pouvez tout nous raconter.

La détective s'y attendait. En voyant Rano débarquer dans la pièce, elle savait qu'elle ne pourrait pas cacher leur relation. Elle répondit simplement :

- J'ai eu envie de prendre contact avec ma fille.

- Comme par hasard ce matin ?

Laurène hésita, elle ne voulait pas qu'on sache qu'Océane avait été enlevée par sa faute. Elle décida donc de mentir même si on ne la croyait sûrement pas :

- Je vous l'avoue, il s'agit d'un hasard complet. Ma mère est arrivée hier et cela m'a donné des envies… surtout une envie.

Elle marqua un temps d'arrêt, passa la main dans ses cheveux et reprit :

- Celle de prendre contact avec ma fille, de faire sa connaissance. Mais je ne voulais pas le faire dans le dos de ses parents adoptifs. Je voulais leur accord. Mon arrivée allait bouleverser leur vie, à tout jamais. Alors ce matin, après une discussion avec ma mère, j'ai pris mon courage à deux mains. J'ai appelé les Cansi et malheureusement j'ai appris l'abominable nouvelle. Alors, je vous retourne à mon tour la question : qui a enlevé Océane ?

Laurène essuya une petite larme mais elle était plutôt satisfaite de son speech.

- Vous étiez notre suspecte numéro un, dit Azem en s'approchant.

Un silence s'abattit dans la pièce. Azem ne savait plus quoi dire. Il n'avait plus de raison de garder Laurène. Ce fut Rano qui poursuivit :

- Quelqu'un d'autre connait-il cette vérité ?

La détective fit semblant de réfléchir, puis répondit :

- Je ne pense pas mais si vous-même avez trouvé, j'imagine que d'autres le peuvent.

- On ne vous a pas contactée ?

- Non, je n'ai rien reçu.

- Aucune menace ?

- Non, rien du tout, mentit Laurène.

L'interrogatoire prit fin sur cet ultime mensonge. Bien que Laurène semblait sincère et continuait de le charmer, de son côté, Martin doutait. Il ne pouvait pas y avoir de hasard. Il devait exister un rapport entre le vol de l'œil bleu et l'enlèvement d'Océane. Mais lequel ? Il était bien décidé à parler à Laurène, mais en tête à tête.

La détective sortait du commissariat lorsqu'une voix bien connue l'interpella. C'était Martin. En regardant sa montre il lui dit en arrivant à sa hauteur :

- Il est un peu tôt pour déjeuner mais peut-être accepterais-tu de boire un verre ?

Laurène ne savait dire pourquoi mais elle était très contente de le voir, même si elle lui en voulait de ne pas lui avoir dit pour sa fille. Sa présence lui faisait du bien. De plus, elle le trouvait toujours aussi séduisant. Elle plongea ses yeux verts dans les yeux marron de Martin et accepta son offre.

Ils s'installèrent à une table au fond du bar de l'estampe, situé non loin de la place saint Michel. Il y avait du monde dans le café en ce dimanche matin. Quelques courageux bravaient la petite pluie d'automne pour aller fumer leur clope à l'extérieur. Ils étaient assis face à face et Laurène dégaina la première :

- Pourquoi tu ne m'avais rien dit pour ma fille ?

- Je ne voulais pas brusquer notre relation. Je n'étais pas censé savoir ça. Je voulais que cela vienne de toi. Mais, tu n'étais pas prête à m'en parler et je comprenais. Il s'agissait d'un lourd secret. Tu sais Laurène, j'ai complètement raté ma dernière relation, je ne veux pas passer à côté de celle-ci. Je n'ai donc pas voulu aborder un sujet qui t'aurait mise dans l'embarras.

La jeune femme fut touchée par les mots de Martin. Ce con savait y faire pour émouvoir les cœurs même les moins sensibles ! Le serveur leur apporta les deux demis commandés plus tôt. Laurène ne voulait pas pardonner si facilement et répondit :

- Mouais. On ne peut pas dire que notre relation soit partie sur de bonnes bases.

- Trinquons au début de notre nouvelle relation et promettons-nous de ne rien nous cacher.

Sur ces mots le policier leva son verre et la détective fit de même en pensant qu'elle ne tiendrait sûrement pas cette dernière promesse. En tout cas, pas pour le moment. Martin avala une gorgée et poursuivit en posant son verre, les lèvres pleines de mousse :

- Pour ne rien te cacher, je crois qu'il y a un rapport entre l'œil bleu et l'enlèvement d'Océane et je crois également que tu peux m'éclaircir sur ce point.

Touché ! Laurène avait besoin de parler et elle ne put résister au charme du commandant.

- Tu as raison, dit-elle après une lampée.

Elle hésita sur le choix des mots puis dit :

- Quelqu'un voulait que je vole l'œil bleu. Cette personne a menacé de s'en prendre à ma fille. Elle pense que j'ai le diamant mais n'ayant pas obtenu ce qu'elle voulait, elle a mis ses menaces à exécution.

Martin fut surpris d'avoir si vite la vérité. Il demanda :

- Pourquoi n'avoir rien dit tout à l'heure ?

- Avertir la police n'est pas la meilleure option qui s'offre à moi. Si elle se sent menacée, je ne sais pas jusqu'où elle peut aller.

Le policier but une nouvelle gorgée.

- Qui est cette personne ?

- Mélanie Cadec, Vendrôme de son vrai nom. Il s'agit de mon ancienne employée.

- Une vengeance ?

Sur ce point Laurène ne voulut pas trop en dire, elle répondit donc évasivement :

- Je ne sais pas. Peut-être la soif de richesse ?

- Que comptes-tu faire ?

- Il me faut retrouver le diamant, je n'ai pas le choix.

Tous les deux sirotèrent leur bière dans un silence que le téléphone de Laurène brisa. Elle avait reçu un message. Elle prit son téléphone et lut :

Trouve-moi ce diamant. Je te laisse 48h. Sinon, je ne sais pas dans quel état tu vas retrouver ta fille.

Le texto était accompagné d'une photo. Bien que l'image fût floue, on reconnaissait aisément l'adolescente ficelée sur un matelas. Laurène montra le cliché au policier qui dit en le voyant :

119

- Je vais t'aider. Unissons nos forces et nous retrouverons ce caillou. Ensemble, nous pouvons sauver ta fille.

15

Océane se réveilla péniblement, elle avait la tête lourde. Ses yeux s'ouvrirent lentement. Elle était complètement perdue. Sa première vision fut celle d'un homme assis à une table. Lorsqu'elle vit plus précisément son visage, la mémoire lui revint peu à peu. Mais que faisait-elle allongée non loin de lui ? Elle tenta de bouger mais ne put faire aucun geste. Ses membres ne semblaient plus pouvoir répondre. Elle regarda donc ses pieds et vit qu'elle était ligotée sur un lit. La panique commença à s'emparer d'elle. L'homme, entendant du bruit, se leva et s'approcha de l'adolescente. Celle-ci balbutia, paniquée :

- Qui êtes-vous ? Qu'est-ce-que je fais ici ?

Elle tourna la tête et à la vue des boiseries, elle comprit qu'elle était dans une sorte de petit chalet.

- Pas de panique, j'm'appelle Job. Nous allons passer un peu d'temps ensemble.

Bizarrement, la voix de l'homme était douce ce qui n'allait avec son visage inquiétant et ses yeux bleus perçants. La mine de chien battu qu'Océane avait vu dans la voiture s'était transformée en gueule de bulldog. D'ailleurs, Job était une nouvelle fois excité. Voir sa proie entièrement à sa merci le rendait fou.

- Qu'est-ce que vous me voulez ? demanda l'adolescente en haussant le ton.

L'homme s'approcha et lui caressa les cheveux. Elle eut un mouvement de recul mais qui fut très limité.

- Tu peux toujours crier, dit Job. Ici personne ne t'entendra. Nous sommes au milieu d'une grande forêt. Y'a pas grand monde à passer ici.

De sa main droite tremblante, il commença à caresser la joue de la jeune fille. Avec sa main gauche il toucha son pantalon au niveau où se trouvait son membre durci. Job n'en pouvait plus, cela faisait trop longtemps qu'il n'avait pas caressé la peau d'une femme. Sa main descendit vers la poitrine d'Océane. Celle-ci se mit à crier, inutilement. L'homme était entré dans une sorte de transe. Son corps convulsait d'un désir intense. L'adolescente était en plein cauchemar, elle continuait de s'agiter et de crier, en vain. Elle était prisonnière d'un fou, d'un prédateur sexuel. Elle voulait se réveiller, sortir de ce cauchemar mais ne pouvait pas. Elle était prise au piège.

***

Laurène avait appelé sa mère pour lui dire que tout allait bien. Il s'agissait d'une simple formalité et elle était déjà sortie. Malheureusement, elle allait déjeuner avec un ami et ne rentrerai pas tout de suite. Annie avait eu beau protester, la perspective d'un tête-à-tête avec le commandant Mérier l'emportait pour Laurène. Au cours du repas, Martin avait évoqué les indices en sa possession. C'est-à-dire : une phrase en latin qui ne voulait pas dire grand-chose et le nom du voleur, Anthony Mallet. De son côté Laurène avait déjà tout dit. Pourtant, ce nom, Anthony Mallet lui disait quelque chose. Elle était presque sûre de l'avoir déjà vu dans les dossiers du fantôme noir. C'est pour cela qu'après le déjeuner, elle laissa Martin rejoindre le 36, seul et alla immédiatement dans son repaire, situé rue Jadin. Depuis qu'elle avait repris la possession des lieux, elle n'avait pas touché au décor. La pièce de vingt mètres carrés était toujours aussi austère avec sa tapisserie brune et sa fenêtre ridicule. A droite de l'entrée, on retrouvait le vieux canapé en cuir. A gauche, le bureau et un fauteuil en tissu marron élimé.   En face, une bibliothèque pleine de livres.

Laurène fouillait dans les dossiers posés sur la table au centre de la pièce. Les anciennes affaires du fantôme noir. En six mois, elle n'avait même pas pris le temps de faire un peu de rangement. Dommage, ça l'aurait bien aidée pour retrouver ce qu'elle cherchait. Après un bon moment de recherches infructueuses, elle se posa sur le canapé et décida d'appeler un ami, en l'occurrence, Simon. Elle n'avait aucune nouvelle depuis leur sortie nocturne. Il n'avait même pas essayé d'appeler le matin. Il était donc près de 16h lorsque Laurène l'appela sur son téléphone fixe et il répondit au bout de quelques sonneries :

- Salut, désolé je n'ai pas eu le temps de te contacter ce matin. Laure a été appelée en urgence à l'hôpital pour remplacer une collègue, je suis tout seul avec Gabriel.

Les pleurs que la détective entendait derrière la voix de son ami lui confirmèrent qu'il était vraiment débordé. Elle s'enquit de son état depuis leur balade et il la rassura. Laurène embraya sur les évènements de la matinée, sur les nouveaux indices dont elle disposait, puis lui demanda :

- Anthony Mallet, je suis sûre d'avoir vu ce nom dans un dossier de Romain mais je ne retrouve pas lequel. Tu as toujours son ordinateur secret ?

- Oui, je vais lancer une recherche et je vais aussi voir ce que je peux trouver sur lui.

- Essaye également de voir si tu l'as sur les enregistrements de la surveillance.

- D'accord, répondit-il. D'ailleurs, j'ai continué un peu à les observer mais je n'arrive à rien.

- Ce qui est sûr, c'est qu'il est entré dans la propriété pendant la journée. Quelqu'un a dû l'aider, j'en suis persuadée. Il faudrait regarder avec qui il est entré en contact. Les vidéos peuvent peut-être nous le dire.

- Bon, je lance toutes ces recherches et je te tiens au courant.

Simon marqua un temps d'arrêt puis interrogea Laurène :

- Ça va toi ?... Je veux dire avec l'enlèvement de ta fille, tu vas bien ?

La détective s'enfonça un peu plus dans le canapé et répondit :

- Je ne peux pas te dire que je vais bien car je fais tout pour ne pas y penser. J'essaye de faire le maximum pour la retrouver au plus vite et j'ai besoin d'ami comme toi… ou même quelqu'un comme Martin. Et je te remercie beaucoup pour ce que tu fais pour m'aider et pour les risques que tu prends, notamment cette nuit. Tu en as parlé à ta femme ?

- Brièvement, je n'ai pas osé donner de détail et puis je ne l'ai pas beaucoup vue, ce qui m'a arrangé, je l'avoue.

- Désolé de te mettre en porte à faux avec elle…

- Si on retrouve ta fille, ça ne me dérange pas.

- Bon, je te laisse faire tes recherches, tu m'appelles dès que tu as du neuf.

- Ça marche.

Ils raccrochèrent sur ces paroles. Laurène était vraiment contente de pouvoir trouver du soutien auprès de Simon. Elle l'aimait beaucoup et se sentait un peu coupable de le mobiliser autant. Elle se leva et se dirigea vers le bureau pour jeter un coup d'œil aux dossiers présents sur celui-ci. La pièce était vraiment silencieuse, on n'entendait pas les voisins, ce qui donnait un sentiment d'isolement et permettait de bien se concentrer. En venant ici, le fantôme noir n'était jamais dérangé. C'est pour cela qu'elle fut surprise d'entendre trois coups frappés à la porte d'entrée… Qui cela pouvait-il être ? Devait-elle ouvrir ? L'avait-on suivie ?

***

Océane n'arrivait pas à oublier ce moment atroce. La main de cet homme lui caressant avec brusquerie la poitrine. Le souffle malodorant venant de la bouche de son prédateur. La vue de la forme du sexe en érection au travers du caleçon. Tout cela était gravé à jamais dans sa mémoire. Heureusement, Job n'avait pas pu aller au bout de son désir. Heureusement, cela faisait tellement longtemps qu'il n'avait pas pratiqué que rien ne s'était passé comme il l'escomptait. Aussitôt son désir retombé, il était sorti de la cabane. Job avait respiré le grand air. Il était soulagé de ne pas avoir pu aller au bout. Putain, ce n'est pas passé loin, se disait-il, la patronne a dit de ne pas lui faire de mal, qu'est-ce que tu fous ? Il resta une bonne partie de la journée dehors, il ne voulait plus voir l'adolescente. Seulement un minimum. Pendant ce temps, Océane était restée seule, complètement choquée et muette. Elle l'avait échappé belle, cette fois-ci. Mais la prochaine fois, elle pourrait bien ne pas avoir cette même chance. La jeune fille était perdue. Tout l'après-midi, elle ressassa les mêmes interrogations. Que faisait-elle enfermée en pleine forêt avec ce fou ? Quelqu'un allait-il venir l'aider ? Combien de temps ce cauchemar allait-il durer ?

***

Rano et Mérier étaient de nouveau dans la salle de réunion, le portrait d'Anthony Mallet toujours affiché sur le mur. La policière parlait :

- Bon, j'ai passé quelques coups de fils et voici ce que j'ai découvert. En détention, notre ami Mallet passait beaucoup de temps avec deux cadors : Grégoire Langevin et Rachid Diabete. Les deux sont toujours en prison mais ont pu le mettre en contact avec certaines de leurs relations.

- Et leurs relations sont ?

- Enormes ! J'ai listé tous les noms connus.

Rano cliqua sur l'ordinateur pour remplacer la tête du malfrat par la fameuse liste, puis poursuivit :

- Il y en a une bonne trentaine en tout.

- Ça fait beaucoup… ça fait même trop, on ne pourra pas étudier tout ça, dit Martin d'un ton dépité.

- J'ai réussi à en écrémer quelques uns en ne gardant que ceux ayant les moyens de réaliser un coup comme celui-ci.

- Et il reste ?

- Neuf noms, dit Rano en cliquant une nouvelle fois pour les faire apparaître sur le mur.

Pedro Ramirez

Valentin Dupas

Sélina Imbert

Mathias Sauvé

Laurent Dionnet

Lisa Malicorne

Gaspard Illiac

Malik Kalifa

Johan Evran

- C'est déjà mieux. On se partage le boulot ? Je prends les cinq premiers et toi les quatre autres.

- D'accord, répondit la policière.

- On fouille leurs dossiers de fond en comble, il nous faut tous les détails. Et on vérifie leurs dernières fréquentations. Je veux savoir ce qu'ils ont fait ces deniers jours.

Martin regarda sa montre et dit :

- Bon, il est quasiment 17h, nous ferons le point demain matin sur ce que nous aurons trouvé. A demain Rano.

- A demain Martin, répondit la policière avec un sourire, chose assez rare.

Elle quitta la salle de réunion laissant Martin seul. Il devait fouiller le passé de cinq personnes et il n'avait que peu de temps pour accomplir sa mission. La vie de la fille de Laurène était en danger, il devrait faire vite.

***

Laurène était retournée au bureau pour reprendre ses recherches. L'homme qui l'avait dérangée voulait juste lui vendre des livres. Elle l'avait rembarré et il n'avait pas insisté, poursuivant son démarchage dans l'immeuble. Anthony Mallet, où avait-elle vu ce nom ? Elle était épuisée par ces dernières heures mais devait rester concentrée sur ce qu'elle cherchait. Pourtant ses yeux avaient tendance à se fermer seuls et elle dut lutter de nombreuses fois pour ne pas sombrer dans le sommeil. C'est son téléphone qui la fit sursauter, sa mère lui criait dans les oreilles :

- A quelle heure vas-tu rentrer ?

Laurène eut l'impression d'être de nouveau une adolescente.

- Je termine un truc et j'arrive, répondit-elle fermement.

- Vers quelle heure ?

- Dans une bonne heure.

La détective avait dit ça au hasard pour se débarrasser de sa pauvre maman.

- Ça marche, à tout à l'heure, répondit Annie.

Laurène ne répondit même pas, elle venait de voir ce qu'elle cherchait. Le nom d'Anthony Mallet venait d'apparaitre écrit noir sur blanc sous ses yeux. Le dossier qu'elle fouillait était celui de Laurent Dionnet. Un entrepreneur qui avait fait fortune dans la téléphonie mobile. Dionnet avait trempé dans différentes affaires louches, notamment en espionnage industriel. Mallet était son homme de main depuis que celui-ci était sorti de prison. L'entrepreneur avait un appartement au cœur de Paris mais vivait la plupart du temps près de Rennes. Il possédait une belle propriété à Cesson-Sévigné, le château de Cucé. Anthony Mallet, lui, habitait à Rennes même, dans le quartier de la Poterie. Laurène avait enfin un début de piste, mais comment l'exploiter ? Devait-elle partager cette information avec Mérier ?

16

Laurène arriva chez elle vers 18h30. En chemin, elle avait appelé Simon pour lui parler de sa trouvaille. L'informaticien pouvait donc laisser tomber les recherches dans l'ordinateur de Romain. Il allait pouvoir se concentrer sur les vidéos à la recherche d'Anthony Mallet. Laurène fût accueillie froidement par sa mère. Celle-ci n'ayant pas apprécié d'être abandonnée la journée entière. Elles s'installèrent toutes les deux sur le canapé et après avoir sermonné sa fille, Annie demanda :

- Ta journée a-t-elle été fructueuse au moins ?

La détective regarda par la fenêtre. La petite pluie fine n'avait pas cessé de la journée. Elle hésita sur la conduite à tenir puis regarda sa mère dans les yeux et lui répondit enfin :

- Oui, je pense avoir trouvé qui a volé l'œil bleu.

- Et tu l'as dénoncé à la police ?

- Non, pas encore… je n'ai pas vraiment de preuve.

- Que comptes-tu faire donc ?

En chemin, Laurène avait bien réfléchi. Elle devait récupérer le diamant avant que la police ne coince ce Dionnet. Il fallait donc qu'elle pénètre chez lui. Mais où était l'œil bleu ? A Paris ou à Rennes ? Elle avait par conséquent appelé à sa propriété parisienne et une secrétaire fort sympathique lui avait affirmé que son patron se trouvait actuellement à Cesson-Sévigné. Monsieur Dionnet n'avait pas prévu de revenir dans la capitale ces jours-ci. Laurène en avait déduit que la gemme était sûrement en Bretagne, elle devait s'y rendre. Elle en avait averti Simon mais il restait maintenant à l'annoncer à sa mère. Elle était sur le point de se lancer lorsque son interphone sonna. Qui cela pouvait-il bien être ?

***

Job était revenu dans le chalet. Il ne regarda même pas la jeune fille en entrant. Il alla directement dans la kitchenette. D'un meuble, il sortit une miche de pain, du réfrigérateur, une barquette de jambon. Il en mit une tranche dans une assiette, avec un petit morceau de pain. Il prit un verre sur le plan de travail, y versa de l'eau directement prise au robinet. Job s'approcha d'Océane sans même lui jeter un regard. Il tira une chaise du lit et y déposa la pitance. Il croisa cependant les yeux de l'adolescente en lui défaisant quelques liens pour qu'elle puisse s'asseoir et avoir une main de libre. L'autre main resta fermement fixée au côté du lit.

- Mange !

Job avait prononcé ce mot froidement. Océane s'apprêta à s'exécuter mais le changement de position lui avait réveillé une envie pressante. Comment faire avec ce cinglé ? Après tout, elle trouverait peut-être une occasion de lui échapper. Elle demanda donc, d'une voix tout juste audible :

132

- Les toilettes, c'est par où ?

Putain, j'n'y avais pas pensé à celle-là, se dit l'homme. Je vais être obligé de l'accompagner aux chiottes. Pour le moment, il n'avait pas de nouvelle pulsion. Il se sentait prêt à l'accompagner sans risque.

- C'est dehors, dit-il. J'te détache et j't'y emmène mais ne tente rien sinon…

Job, tout en prononçant ces mots, prit un grand couteau de cuisine dans la kitchenette. L'adolescente déglutit, cela lui enlevait tout espoir de fuite. Le piège était parfaitement refermé.

***

C'était Martin ! Qu'est-ce qu'il vient foutre là, se demanda Laurène. Elle ne savait vraiment pas quoi lui dire de plus. Elle le fit tout de même entrer dans l'immeuble. Le temps qu'il arrive, sa mère l'interrogea depuis le canapé :

- Qui est-ce ?

- C'est un ami, il est commandant de police.

- Celui avec qui tu étais ce midi ? demanda Annie avec un brin de malice.

- Oui, c'est lui.

Laurène ouvrit sa porte d'entrée et son beau policier apparut et lui dit avec son sourire le plus charmeur :

- Je ne te dérange pas ?

- Non, mentit la détective, entre donc.

Martin s'exécuta mais resta dans l'entrée. En observant la pièce, il fut surpris de voir que Laurène n'était pas seule.

- Je te présente, Annie, ma mère qui est venue me rendre une petite visite.

Celle-ci se leva et salua le policier.

- Enchantée de vous rencontrer, commandant.

- Egalement Madame, répondit-il en lui serrant la main.

Annie retourna s'asseoir et Laurène demanda pour sonder :

- As-tu avancé cet après-midi ?

- Pas vraiment, nous avons une liste de neuf noms. J'ai commencé à enquêter sur les premiers mais je n'ai rien de concre…

- Ma fille sait qui est le coupable, s'exclama Annie avec fierté.

Et merde ! Laurène voulait garder cette info confidentielle… Le secret avait été bien vite éventé. La détective bouillait intérieurement et remit sa mère à sa place :

- Maman, tu aurais pu laisser le commandant finir. Mêle-toi de ce qui te regarde.

Annie fit la moue et prit un magazine.

- C'est vrai, tu as une piste ? questionna Martin en soulevant un sourcil.

- Oui, allons dans mon bureau.

Tous les deux s'y rendirent et s'installèrent dans les fauteuils. Laurène prit la parole :

- Je n'ai pas dit à ma mère qu'Océane avait été enlevée.

- D'accord, mais ta piste ? s'impatienta le policier.

- Rien n'est sûr, il s'agit d'une supposition. Je pense que l'œil bleu est entre les mains de Laurent Dionnet.

- Laurent Dionnet, s'exclama Martin. Mais c'est justement un nom de ma liste. Je n'ai pas encore fait de topo sur lui. Comment as-tu trouvé ça ?

- Un de mes informateurs, je ne peux pas te dire qui, dit rapidement Laurène pour éluder la question. Celui-ci m'a indiqué que Mallet était un de ses hommes.

- Et où est-il ce Dionnet ?

- En Bretagne, près de Rennes.

- C'est logique ! Mallet avait un appartement là-bas. Je vais avertir mes collègues bretons.

- Surtout pas !

- Pourquoi ?

- Il faut que je retrouve l'œil bleu avant tes collègues pour sauver Océane.

- Mais je ne peux pas laisser filer notre homme.

- Tu m'as promis de sauver ma fille, s'exclama Laurène.

- Et quel est ton plan ?

- Je vais me rendre à son château à Cesson-Sévigné et vais prendre contact avec Dionnet sous une fausse identité. Je vais me faire passer pour une journaliste souhaitant faire un reportage sur les châteaux privés.

- Et tu crois qu'il va accepter ?

- Espérons-le, c'est ma seule chance de l'approcher, de visiter sa propriété et espérer y trouver notre diamant.

- C'est un plan un peu fou et je ne peux pas venir avec toi, il faut que je reste à Paris.

- T'inquiète pas, ça va bien se passer.

- Tu ne sais pas sur qui tu vas tomber là-bas, tu feras bien attention, s'inquiéta Martin.

- Promis !

- Mais, je te laisse tranquille demain. Après, j'appelle la cavalerie.

- De toute façon, il ne me reste que jusqu'à mardi midi pour mettre la main sur l'œil bleu… Après je ne sais pas ce que Mélanie a prévu…

Sur ces paroles, Laurène se leva et dit :

- Il faut que je prépare ma valise… et prévienne ma mère !

- Bon courage, répondit Martin en se dressant également avec un petit sourire en coin.

Tous deux sortirent du bureau et Laurène raccompagna le policier jusqu'à la porte d'entrée. Avant de partir, celui-ci lui demanda de le tenir au courant. La détective en fit la promesse. Elle ferma la porte et s'appuya contre celle-ci. Où allait-elle atterrir ? Dans quel guêpier se mettait-elle ?

17

Annie avait insisté pour accompagner sa fille en Bretagne. Elle connaissait un couple d'amis qui habitaient Betton, près de Rennes. Laurène avait eu beau insister, sa mère était aussi entêtée qu'elle. Telle mère, telle fille. Elles s'étaient levées à 3h du matin et avaient quitté Puteaux à 4h avec la fiat 500 de Laurène. Sur la route, il n'y avait pas grand monde mais la pluie était de la partie. Elles avaient fait une petite pause sur une aire d'autoroute après deux bonnes heures de conduite. Le trafic avait commencé à se densifier à l'approche de Rennes, sur les coups de 8h puis, Laurène et Annie s'étaient arrêtées dans le centre de Cesson-Sévigné pour y pendre un petit déjeuner dans un bistrot. Le jour se levait et le soleil tentait de percer l'épaisse couche de nuages gris qui continuait de déverser une fine pluie. Les deux femmes se tenaient face à face à une table, avec devant elles un café brulant et un croissant.

- Tu es sûre que tu ne veux pas que je te dépose à Rennes ? demanda Laurène

- Non, je vais prendre le bus. Au pire, je peux appeler mes amis pour qu'ils viennent me chercher à Cesson.

- D'accord, mais n'hésite pas à m'appeler si tu as besoin d'aide.

- Toi aussi, appelle moi si nécessaire. J'espère que tout cela n'est pas trop dangereux.

Je l'espère aussi, pensa Laurène qui ne savait pas à quoi s'attendre.

- Ne t'inquiète pas, je vais seulement demander à visiter le château. Il n'y a pas vraiment de risque.

- Si je n'ai pas de nouvelles de toi d'ici ce soir, j'appelle ton ami flic, Martin Mérier.

- Ok, je te donne son numéro, soupira Laurène.

Elle prit son téléphone, donna le renseignement à sa mère puis regarda l'heure. Il était déjà presque 9h, elle embrassa Annie et rejoignit sa voiture. Dans ses valises, la détective avait emporté de quoi se grimer. Une perruque blonde et un maquillage très prononcé suffirent à modifier radicalement son visage. Une fois prête, Laurène Hugues était devenue Laurence Hutin, journaliste freelance en quête de châteaux privés.

Le temps était gris et la visibilité sur la route très médiocre. Heureusement, elle avait un GPS qu'elle pouvait suivre. La pluie s'intensifiait et Laurence roulait doucement à la sortie de Cesson. Elle se trouvait maintenant en rase campagne. Les essuie-glaces tentaient désespérément d'évacuer toute l'eau qui ruisselait sur le pare brise. La radio répétait sans cesse les mêmes informations : *Dans l'enquête sur le vol audacieux de l'œil bleu, la police piétine...* Pauvre Martin, se dit Laurence, il va encore avoir la pression de ses supérieurs…

Elle arriva à un rond point et elle prit la petite route tout à gauche en direction de Cucé. Malgré une faible visibilité elle apercevait un grand mur sur sa droite. Sans doute, l'enceinte du château, se dit la fausse journaliste. Avec cette pluie, la route lui semblait interminable. Elle avait l'impression d'arriver au bout du monde. Soudain, elle aperçut la masse sombre du château. Ici le bord de la route était dépourvu d'arbre et par-dessus le mur, on pouvait voir le château ou du moins seulement ses formes car le temps ne permettait pas d'en distinguer d'avantage. Elle dépassa l'imposant bâtiment. Tandis que le chemin principal continuait tout droit, un secondaire tournait vers la droite en direction de la propriété. Laurence emprunta celui-ci mais fut stoppée après une dizaine de mètres seulement par un portail qui affichait un panneau rouge : *Défense d'entrer, propriété privée.* Celui-ci annonçait bien la couleur, elle n'était pas la bienvenue ici. Elle arrêta le moteur de sa voiture, mit son téléphone en mode silencieux, prit son parapluie sur le siège passager et sortit de la voiture. Arrivée sur place, elle ne trouva aucune sonnette. Elle leva la tête et vit la masse inquiétante de la demeure. Laurence n'était pas à l'aise dans ce lieu. Elle hésitait à ouvrir le portail mais se décida finalement à le faire. Après tout, elle était une simple journaliste innocente. Elle approchait lentement du château qui s'étendait sur sa droite de tout son long. Son aspect lugubre ne rassurait pas la jeune femme. Elle longea une aile et arriva à la hauteur de ce qui lui sembla être le bâtiment principal. Mais elle stoppa net son mouvement quand elle entendit le grognement d'un chien. Agrippée à son parapluie, elle avança tout doucement en ouvrant bien les yeux. Soudain, elle vit derrière un rideau de pluie les gueules de deux grands dobermans. Son cœur battait à tout rompre. Les deux chiens aboyaient de plus en plus fort, laissant Laurence pétrifiée.

***

Martin rongeait son frein dans son bureau. Attendre le lendemain pour intervenir le rendait nerveux. La journée s'annonçait bien longue. De plus, il était inquiet pour Laurène. Il avait constitué des dossiers sur les trois premières personnes de sa liste : Pedro Ramirez, Valentin Dupas et Sélina Imbert. Bien sûr, tout ce travail ne servait à rien mais il devait bien montrer à Rano et Dardu qu'il travaillait d'arrache pied pour essayer de démêler les fils de cette affaire. Il en était là de ses réflexions lorsque sa collègue débarqua :

- Salut Martin, commença Rano. Comment vas-tu ce matin ?

- Bof, dit-il en faisant une petite moue.

- Tu avances un peu sur tes dossiers ?

- Bof, répéta-t-il.

- Tu n'es pas très causant ce matin.

- Et toi, tu as trouvé quelque chose ? demanda le policier.

- Pas vraiment, mes quatre prétendants au rôle de suspect ne semblent pas avoir eu affaire à notre Anthony Mallet. En tout cas je n'ai pas encore trouvé de lien. Cependant, j'ai eu une autre idée ce matin, sous ma douche.

Elle avait prononcé ces derniers mots avec un grand sourire mais le commandant resta de marbre et ne releva même pas. Le sourire s'évanouit donc et la jeune femme poursuivit :

- Je vais aller interroger Grégoire Langevin et Rachid Diabete directement !

- Ces deux hommes n'ont pas grand-chose à perdre, ils sont déjà en prison. Ils ne coopéreront pas !

- S'ils n'ont rien à perdre, c'est qu'ils ont tout à gagner !

- Tu veux leur proposer un deal, s'étonna Martin. Ça ne marchera jamais !

- Le but est de leur laisser croire qu'ils pourraient obtenir quelques avantages en coopérant.

- Ça me plait moyen ton plan.

- Peut-être que ça te parait insensé mais Dardu a approuvé, je sors de son bureau et il a demandé que tu viennes avec moi.

Martin réfléchit un instant. Dans un sens, cela lui permettrait de gagner un peu de temps. Il finit par céder.

- Bon, direction la maison centrale de Poissy, c'est bien ça ?

- On y va de ce pas, répondit Rano avec élan.

***

La nuit avait été fraiche et Océane avait très peu dormi. Ce gros porc de Job était resté vautré sur le canapé. La pluie s'était intensifiée et faisait un bruit d'enfer dans la cabane. L'homme préparait un café dans la kitchenette, une odeur torréfiée s'en

141

dégageait. Malheureusement pour Job, sa proie n'aimait pas cette boisson et préférait une bonne tasse de thé. La jeune fille avait les traits tirés et les membres ankylosés. Elle voulut s'asseoir sur le lit mais elle était fermement ligotée et ne pouvait pas bouger. Elle décida de demander de l'aide à son ravisseur.

- Je voudrais me redresser, tu peux m'aider ?

La voix d'Océane était blanche. Elle avait la bouche sèche. Job s'était tourné vers elle et s'en approcha. Il défit la sangle qui lui maintenait le buste contre le matelas et l'aida à s'asseoir en évitant son regard.

- Merci, dit-elle d'un ton sec.

Il grogna en réponse et retourna dans la cuisine. Il prit une tasse dans un meuble et demanda brusquement :

- Tu veux un café ?

- Non, mais je veux bien un thé si vous avez, dit-elle sèchement.

Job lui jeta un regard noir.

- On n'est pas à l'hôtel ici, dit-il. T'auras de la flotte.

Il prit un verre, y versa de l'eau du robinet puis le tendit à Océane. Celle-ci ne le remercia pas mais dit :

- Vous voulez quoi de moi ?

- Ça ne te regarde pas, répondit l'homme en lui jetant un regard noir.

- A qui vous envoyez des messages ? continua-t-elle en s'enhardissant.

Cette fois Job s'approcha. Son visage était dur et ses mots également :

- Ta gueule !

L'adolescente comprit qu'il ne fallait pas insister. Elle fit une dernière tentative pour renouer le dialogue :

- Qui êtes-vous ?

- Je te l'ai dit, je m'appelle Job ! C'est tout ce que tu dois savoir. Ferme-la maintenant.

Océane obtempéra. Elle aurait bien voulu en apprendre plus mais n'était pas vraiment en position de force. Elle avala son verre d'une seule lampée et le posa sur son lit. Quand ce cauchemar allait-il se terminer ? Qui viendrait la sortir de ce piège ? Où était-elle ?

18

Même sous son parapluie, Laurence Hutin était trempée, mais de sueur. Les deux gros chiens continuaient de lui aboyer dessus et elle ne savait pas quelle attitude adopter. Elle allait tenter une retraite discrète quand elle entendit le bruit d'un sifflet. Ce qui fit taire instantanément les deux cabots. Une masse sombre apparut derrière eux. Il s'agissait d'un homme au crâne rasé. Son visage avait des traits durs et il était bâti comme une armoire à glace. La pluie devait sûrement déformer les traits car sur le coup, Laurence crût voir Bruce Willis. Celui-ci, comme ses chiens, aboya :

- Qu'est-ce que vous faites là, vous ?

La jeune femme rentra dans ses petits souliers et répondit :

- Je suis journaliste et je fais actuellement un reportage sur le patrimoine français privé.

Bruce allait répondre quand une autre voix retentit derrière lui :

- Que se passe-t-il ici ?

- Rien, monsieur Dionnet, ce n'est qu'une petite emmerdeuse qui vient nous casser les pieds.

Monsieur Dionnet ! Il était bien là ! Malheureusement, Laurence ne le voyait pas bien. Elle prit la parole :

- Je suis journaliste et je fais un reportage…

- Ne restons pas sous la pluie, coupa Dionnet, rentrons ! Vous allez tout m'expliquer.

Bruce soupira et emboîta le pas de son patron, accompagné des deux chiens. La jeune femme suivit le groupe et entra dans le château. Elle arriva dans un hall d'entrée assez sombre et qui semblait petit compte-tenu de la taille du bâtiment. Elle ferma son parapluie et découvrit le visage de Laurent Dionnet. Il était triangulaire avec des cheveux grisonnants. Une courte moustache grise vieillissait un peu l'homme qui ne devait pas avoir plus de cinquante ans. Contrairement à Bruce, l'homme semblait sympathique mais le regard de ses yeux bleus trahissait une forme de sévérité. Il s'adressa à Laurence d'une voix un peu trop mielleuse :

- Qui êtes-vous et que voulez-vous, madame ?

- Je m'appelle Laurence Hutin, je suis une journaliste freelance. Je m'intéresse au patrimoine secret de la France. Et votre château en fait partie. J'aurais aimé m'entretenir avec vous et faire une visite des lieux, si possible.

Dionnet réfléchit un instant en regardant Bruce, qui semblait être son garde du corps.

- D'accord, dit-il en souriant mais j'espère que ce ne sera pas trop long car j'ai beaucoup à faire aujourd'hui.

- Cela dépendra de vous, dit Laurence, également avec un faux sourire.

- Suivez-moi, dit-il en se dirigeant vers la droite. Je vais vous conter l'histoire de ce château.

La fausse journaliste posa son parapluie dans un coin puis sortit un carnet et un crayon de son trench. Il lui fallait ouvrir l'œil et le bon !

***

Rano conduisait la voiture qui menait les deux policiers à la maison centrale de Poissy. Après un début de parcours assez silencieux la jeune femme avait commencé les hostilités :

- Je sais que tu es allé voir Laurène depuis l'interrogatoire. Que t'a-t-elle raconté ?

- Pas grand-chose, répondit vaguement Martin qui ne voulait pas aborder ce sujet.

- Je te rappelle que sa fille a été enlevée et je ne crois pas aux coïncidences. Je suis persuadée qu'il y a un rapport avec cet œil bleu. Peut-être même que c'est Laurène elle-même qui l'a fait voler ?

- Tu dis n'importe quoi Rano !

- Ce n'est pas impossible. Une personne mal intentionnée aurait pu très bien proposer un deal, sa fille ou le diamant.

Martin ne répondit pas à cette remarque. Rano était une très bonne flic, elle l'avait déjà prouvé plus d'une fois. Il était très difficile de la duper.

- Martin, poursuivit-elle. Je te jure que je ne lui veux pas de mal. Si tu sais quelque chose, il faut me le dire.

Elle venait de stopper à un feu rouge et se tourna vers son coéquipier. Ils eurent un bref échange de regard qui déstabilisa Martin. Devait-il lui dire ou se taire ? Pouvait-il lui révéler le projet fou de Laurène ? Non, Rano était une trop bonne policière et elle irait tout de suite annoncer la nouvelle à Dardu. Pensant bien faire, elle mettrait la main sur Dionnet et dieu sait ce qui pourrait bien advenir d'Océane. Lui dire la vérité était un pari trop risqué.

- Si tel est le cas, finit-il par dire, Laurène ne m'a rien dit. Elle m'a simplement parlé de sa fille et de l'inquiétude qui la rongeait.

Le feu passa au vert. Rano jeta un regard noir à Mérier et démarra en trombe.

Arrivés une bonne demi-heure plus tard à Poissy, les deux policiers avaient passé tout le protocole de sécurité habituel pour finir dans une pièce inhospitalière, face au premier interrogé : Grégoire Langevin. Un corps musclé avec un visage dur couvert de quelques cicatrices, le prisonnier faisait froid dans le dos. Après une brève présentation, Rano commença l'interrogatoire :

- Vous connaissiez Anthony Mallet ?

- Qu'est que ça peut vous foutre, dit simplement Langevin avec dédain.

- Il est mort !

Cette annonce fit comme un électrochoc au prisonnier qui se redressa sur son fauteuil.

- Putain ! Qu'est-ce qu'il lui est arrivé ?

- Qu'est que ça peut vous foutre ? demanda à son tour Rano en plongeant ses yeux dans les yeux dédaigneux de Langevin.

Celui-ci bondit et approcha sa tête de la policière d'un peu trop près. Le surveillant le fit rasseoir fissa en pesant sur ses épaules.

- Vous voulez jouer à ça, dit Langevin menaçant.

Martin sentit que l'entretien pouvait déraper et il prit la main en jetant un regard à sa coéquipière.

- Veuillez excuser ma collègue, elle est un peu à cran en ce moment. Donc, si j'ai bien compris vous connaissiez notre victime.

Face à Mérier, le prisonnier s'écrasa puis répondit :

- C'était un chouette type.

- Oui, de votre point de vue, dit Mérier en esquissant un sourire.

- Ne recommencez pas, s'énerva Langevin.

- Continuez à nous parler de Mallet.

- Un jeune type sympa. Je l'aimais bien. Qui l'a buté ?

- A vous de nous le dire ! Avec qui l'aviez vous mis en relation ? demanda Martin.

- Je ne vous le dirai pas, secret professionnel.

Rano sauta de sa chaise à son tour et s'énerva :

- Ton secret tu peux te le carrer où je pense. Un homme est mort et un autre doit être sur le point de se faire un beau pactole sur son dos, alors dis-nous, avec qui tu l'as mis en affaire ?

- Qu'est-ce que tu veux que j'te dise ma belle, Mallet connaissait les risques du métier. En tout cas moi je n'ai rien à voir dans votre histoire. Et je peux le prouver, j'ai un alibi !

Il avait prononcé ces derniers mots de manière théâtrale en montrant de ses mains les murs sombres de la pièce. Sachant qu'ils n'allaient pas en apprendre davantage, Mérier fit signe au gardien de raccompagner le prisonnier dans sa cellule.

Le second prisonnier avait un visage plus juvénile mais semblait tout aussi inquiétant avec ses yeux globuleux. Rachid Diabete était assis face aux deux policiers et les regardait fixement, ses yeux passant de l'un à l'autre sans bouger la tête. Sa fine bouche était pincée et il ne semblait pas vraiment disposé à l'ouvrir. Cette fois, ce fut Martin qui attaqua :

- Connaissiez-vous Anthony Mallet ?

Silence. Martin reprit :

- On va dire que oui sinon, nous ne serions pas ici. Savez-vous qu'il est décédé ?

Nouveau silence.

- Vous avez perdu votre langue ?

Les yeux globuleux continuaient de tourner mais la bouche restait fixe. Rano décida de reprendre l'interrogatoire et y alla au bluff :

- Langevin nous a dit que vous et Mallet...

Cette fois les yeux se fixèrent sur la policière et ce fut la bouche qui s'ouvrit :

- Qu'est-ce qu'il vous a dit Langevin ?

- Et bien, que vous aviez pistonné notre macchabée, répondit la jeune femme.

- Facile de mentir ! Salaud de Langevin. C'est lui qui a proposé une affaire à Mallet. Un super coup à ce qui paraitrait.

Rano n'en revenait pas. Enfin un début de piste. Ils ne seront donc pas venus ici pour rien.

- Quel coup ? demanda-t-elle

- J'en sais pas plus. Mais il y avait un paquet de blé à se faire.

- En tout cas, votre copain est mort et il ne semblait pas bien riche.

- Il a été berné, voilà tout.

- Par qui ?

- Sûrement un pote de Langevin ?

- Vous ne savez pas qui ?

- Non, Mallet ne me l'avait pas dit.

Les policiers mirent fin à l'entretien. Ils avaient ce qu'ils voulaient et ils ne pourraient pas en apprendre davantage de la part de Diabete.

Une fois seuls, Martin s'adressa à sa coéquipière :

- Tu en penses quoi ?

- Nous devons réinterroger Langevin, il ne nous a pas tout dit de toute évidence.

- Je ne pense pas, Rano. Diabete a dégainé en croyant que Langevin avait tiré le premier. Il a pu accabler Langevin par défense.

Martin savait que Diabete avait pas mal bossé pour Dionnet. Il était donc clair que le prisonnier leur avait menti. Sans l'aiguiller trop, Martin aidait un peu Rano. Il n'y avait plus qu'à espérer que la policière ne remonte pas trop vite la piste jusqu'à Dionnet.

- Donc, tu penses que c'est Diabete qui a servi d'intermédiaire ? demanda la jeune femme.

- Je peux me tromper, mais il y a une forte possibilité.

- Il ne nous reste donc plus qu'à trouver avec qui notre prisonnier travaillait pour conseiller Mallet. Et cette personne est sur notre liste.

- Oui, rentrons pour faire le point, conclut le commandant.

Il jeta un œil à son téléphone pour voir s'il y avait des nouvelles de Laurène. Malheureusement, il n'y avait aucune activité de ce côté-là. Il allait devoir gagner du temps et il n'était pas encore midi.

***

Dionnet avait conté l'histoire du château de Cucé à Laurence qui en avait pris bonne note. L'édifice, imaginé par l'architecte Binet, a été construit à l'emplacement d'un ancien manoir pour le cardinal de Boisgelin de Cucé, juste avant la révolution française. Le cardinal était notamment très célèbre pour avoir prononcé le discours du sacre de Louis XVI. Le château a subi une importante rénovation en 1860 par la famille Conen de Saint-Luc. Malheureusement aujourd'hui, la propriété n'était pas en bon état et Laurence avait visité un bon nombre de pièces vides aux murs délabrés. Dionnet avait expliqué qu'il habitait surtout l'aile nord, celle qui renferme la chapelle. Il s'agit d'une des rares parties modernisées du château. Il avait cependant installé son bureau de travail dans le pavillon central, au premier étage. Il s'agissait en fait d'une très grande pièce, peut-être une ancienne salle de réception qui disposait d'un balcon donnant sur le parc. Les pièces étaient vastes et le fait qu'elles soient vides amplifiait cette impression. Laurence n'était pas très à l'aise dans ce grand château lugubre. La voix de Dionnet résonnait dans chaque partie du château. Il expliqua qu'il avait acheté ce bien seulement un an auparavant. Il aimerait l'ouvrir au public un jour mais devait y faire d'importants travaux de rénovation. La seule pièce chaleureuse était celle qu'il avait aménagée en bureau et c'est ici que Laurence avait laissé traîner ses yeux un peu partout. Il y avait une grande bibliothèque chargée en livres, un beau bureau en bois massif sur lequel s'empilaient quelques dossiers. Deux canapés d'un style Louis XVI bleu rococo se faisaient face. Les tapisseries aux murs d'un rouge vif, étaient ornées de quelques tableaux représentant des scènes de batailles navales.

Malheureusement, la fausse journaliste n'était pas restée suffisamment longtemps dans cette pièce pour déceler un indice quant à la présence éventuelle de l'œil bleu ici. Après quasiment deux heures, Dionnet et Laurence continuaient leur balade dans le parc, sous la pluie. Le propriétaire était passionné par les lieux et sa connaissance en histoire semblait être un puits sans fond. Tout ce qu'il racontait était fort intéressant et cet homme était de toute évidence captivant mais ce n'était pas ce que cherchait Laurence. L'heure du déjeuner approchant, Dionnet proposa à la jeune femme de rester. Elle hésita. Cet homme était certes sympathique mais elle ne se sentait pas à l'aise dans ces lieux. Cependant, elle aurait peut-être l'occasion de les visiter d'un peu plus près. Son hôte lui offrait une belle occasion et elle ne devait pas la louper. Elle accepta donc et lui demanda si elle pourrait faire quelques photos dans l'après-midi, ce que Dionnet lui accorda volontiers.

Ils se dirigèrent vers l'aile nord et entrèrent dans la salle à manger, située au rez-de-chaussée. Elle était bien chauffée et Laurence apprécia de s'y trouver au sec. La pièce de taille modeste, était simplement meublée d'une table rectangulaire entourée de huit chaises de style Louis XIV et d'un buffet Louis Philippe. Bruce Willis était déjà assis. Pendant que la jeune femme prenait place à côté de lui, son hôte alla dans la cuisine attenante avertir qu'il y aurait un couvert de plus. Bruce aboya :

- Intéressante cette visite ?

- Oui, votre patron semble passionné par l'histoire et celle de ce lieu en particulier. Cela fait longtemps que vous travaillez ici ?

- Quelques semaines seulement, grogna l'homme.

- Ah, s'étonna Laurence qui s'attendait à bien plus. Et vous faites quoi au juste ?

- Il est mon ange gardien, répondit Dionnet en revenant. Marthe nous a préparé un pot-au-feu, j'espère que vous aimez ça ?

- Bien sûr !

Le repas se passa agréablement. Le propriétaire des lieux avait continué de conter l'histoire du château. Laurence, quant à elle, était parvenue à esquiver quelques questions personnelles. Bruce Willis, toujours froid comme un iceberg, n'avait prononcé que quelques grognements. Une fois le déjeuner terminé, la fausse journaliste eut quartier libre pour aller prendre quelques clichés.

- Et faites des photos qui mettent le château en valeur, avait jeté Dionnet avant qu'ils ne se séparent.

Laurence prit donc la direction du pavillon central et se dirigea directement au premier étage, où se situait le bureau aménagé. Arrivée dans la pièce, elle regarda le parc par la fenêtre, la pluie avait presque cessé. Elle prit son téléphone et fit quelques photos tout en se rapprochant du meuble sur lequel s'étalaient quelques dossiers. Le silence régnait. La jeune femme garda l'oreille tendue pour percevoir le moindre bruit. Malheureusement pour elle, le sol était en carrelage… Un bon vieux parquet aurait été plus pratique pour entendre quelqu'un arriver. Elle parvint au niveau du meuble et se pencha pour observer les feuilles et les dossiers présents. Son pouls s'accéléra, il ne fallait pas qu'elle se fasse pincer. Une feuille qui dépassait de dessous une chemise attira son attention. Tout en regardant autour d'elle, Laurence s'en saisit. Elle se baissa pour la scruter de plus près et n'en revint pas. Sur cette feuille, on pouvait lire la phrase retrouvée chez Bardin : *Virgo maria spectat ad puerum suum.* Cela signifiait donc qu'elle était sur la bonne piste. Elle en était persuadée maintenant, l'œil bleu n'était pas loin. Tandis qu'elle relevait la tête, une voix s'éleva dans la pièce :

- Vous avez trouvé ce que vous cherchiez, madame Hugues ?

19

Simon était épuisé, toute la matinée il avait jonglé entre son fils et le visionnage de la vidéo surveillance. Maintenant que Gabriel était couché, il avait lui aussi envie de faire la sieste. Ses yeux se fermaient malgré lui devant son écran. De temps en temps, il avait de petits sursauts et se forçait à se réveiller. Il n'avait pas eu de nouvelles de Laurène de la matinée, était-ce bon ou mauvais signe ? Il avait étudié le dossier de Dionnet mais n'avait rien trouvé de plus. Poursuivi en justice pour des affaires d'espionnage industriel mais aucun rapport avec un cambriolage de cette envergure. Quelque chose clochait dans cette histoire !

L'informaticien luttait tant bien que mal pour ne pas s'endormir lorsqu'une image le fit réagir. Il écarquilla les yeux et stoppa la vidéo : Léonard Bardin discutait avec un homme. L'image était floue et l'individu se tenait de profil. Malgré tout, Simon était presque sûr de l'avoir reconnu. Il prit un ordinateur portable à côté de lui et pianota sur le clavier. Après quelques instants, un visage apparut sur l'écran. Le jeune homme observa bien cette photographie et l'image de la vidéo. Oui, il s'agissait du même individu. Mêmes cheveux, même forme de visage et même moustache. Enfin, les images de la surveillance livraient leur secret. Et ce secret se nommait Laurent Dionnet ! Il tenta d'appeler Laurène mais il tomba sur le répondeur après quelques sonneries. Il lui laissa un message pour qu'elle le rappelle au plus vite. Qu'allait-il faire si elle ne le rappelait pas ? Il fallait lui laisser un peu de temps mais jusqu'à quand ? N'était-elle pas déjà tombée dans la gueule du loup ?

***

Océane était seule dans les toilettes. Job l'avait accompagnée dans ce petit cabanon situé à deux pas du chalet et attendait dehors. La jeune fille était épuisée et désespérée. Elle ne savait pas comment se sortir de ce guêpier. Aucune fenêtre, une seule porte, aucune échappatoire. Cependant, elle voulait tenter quelque chose. Malgré la fatigue, malgré les menaces de cet homme, dans son désespoir, elle voulait allumer la petite lueur qui lui donnerait le courage de s'en sortir. Elle était jeune et plutôt sportive, ce qui ne semblait pas vraiment être le cas de son ravisseur. L'idée qui lui taraudait l'esprit était folle, mais ne devait-elle pas tenter quelque chose avant qu'il ne soit trop tard ? Si elle ouvrait violemment la porte et qu'elle courait comme une folle, aurait-elle une chance ? Les images lui vinrent en tête, cela la conforta dans son idée, ça ne pouvait pas rater. Le rythme de son pouls s'accéléra. Elle se rajusta. Elle était prête, c'était le bon moment. Elle allait toucher le loquet lorsque Job s'adressa à elle :

- C'est bientôt fini ?

Elle fût coupée dans son élan et le doute s'insinua dans son esprit.

- Oui, j'arrive.

Tant pis, se dit-elle, j'y vais coûte que coûte.

Elle tourna le loquet, poussa violemment et s'élança droit devant.

***

- Vous êtes surprise, hein ?

En effet, Laurène était choquée. Laurent Dionnet se tenait devant elle, une arme à la main et surtout il connaissait sa véritable identité. Elle ne répondit rien et ce fût son hôte qui poursuivit :

- Vous n'avez trompé personne avec vos cheveux blonds. Je vous avais déjà vue. Récemment à la télévision, ils ont parlé de vous. Et puis, je vous ai aperçue chez les Bardin, vendredi dernier.

La détective était scotchée ! Dionnet chez les Bardin ? Comment était-elle passée à côté ?

- Vous ne m'aviez pas remarqué, continua-t-il ? Il faut dire que j'ai su être discret !

Il avait donc tout repéré dès le vendredi, à son nez et à sa barbe ! Mais était-il de mèche avec les Bardin ou jouait-il en solo ? Avec toutes ces questions, elle retrouva l'usage de la parole.

- Vous connaissez les Bardin ?

- Bien sûr, je les connais très bien !

- Et vous avez monté ce coup avec eux ?

- Trop de questions madame Hugues, dit-il amusé. Je connais votre curiosité.

- Pourquoi m'avoir laissé entrer chez vous ?

- Pour jouer avec vous, bien sûr.

Il marqua une pause et reprit :

- Et également car vous allez peut-être m'aider.

- Comment ? demanda Laurène intriguée.

- Passez devant, je vais vous montrer.

Dionnet avait prononcé ces mots en levant bien haut son arme. Ceci était un avertissement. La détective enleva sa perruque, la posa sur le bureau puis passa devant Dionnet et celui-ci lui indiqua le chemin dans les dédales du château. Ils arrivèrent dans une pièce lugubre, située au rez-de-chaussée, au fond du pavillon central. Ils se trouvaient devant une imposante cheminée en briques sur laquelle on voyait des inscriptions dans le bois qui composait la tablette, juste au-dessus de l'âtre. Laurène s'en rapprocha et y lut :

VIrgo maria spectat ad puerum suum.

- Qu'est-ce que cela signifie ? interrogea-t-elle en se tournant vers l'homme.

- La vierge regarde l'enfant.

Laurène souleva un sourcil d'un air circonspect et demanda :

- Quel rapport avec l'œil bleu ?

- Vous n'avez pas encore trouvé, rétorqua-t-il badin.

La détective ne répondit pas, l'homme reprit :

- Il y a quelques temps, un vieux document a été retrouvé dans ce château. On y parle de l'histoire du cardinal de Boisgelin de Cucé et d'un grand secret. Louis XVI avait confiance en lui et d'après le document retrouvé, il lui aurait confié quelque chose, peut-être un trésor, à mettre à l'abri en échange de l'œil bleu que les rois de France possédaient à l'époque. Toujours d'après ce texte, le diamant aurait servi au cardinal de clé pour parvenir à la cachette.

La jeune femme s'esclaffa et dit :

- Et vous croyez à ces histoires d'enfant ! Il y aurait un trésor caché ici et un bout de caillou permettrait de mettre la main dessus. C'est ridicule, non ?

- Et pourquoi serait-ce ridicule, comme vous dites ? Le document trouvé a été certifié par un expert.

Laurène ne savait plus quoi penser mais elle avait une certitude, l'œil bleu devait bien être ici !

- Madame Hugues, je vous propose un marché, dit Dionnet. Vous allez m'aidez à résoudre cette énigme. Le document en question mentionne cette phrase latine, je suis sûr que cette cheminée est importante.

- Et qu'est-ce que je gagne si je vous aide ?

- La liberté, dit-il en écartant les bras, tout en maintenant l'arme dirigée vers la détective.

Celle-ci fit la moue. Avait-elle le choix ? Pas vraiment mais cela lui donnerait une belle occasion de mettre la main sur la gemme. Elle se résigna et accepta :

- D'accord, je vais essayer de résoudre votre problème.

- Bien, je vais donc vous laisser dans cette pièce. Mon homme de main montera la garde.

Laurène regarda autour d'elle. La pièce froide et vide, avait deux portes et deux grandes fenêtres. L'homme prit son téléphone et appela Bruce Willis. Lequel rappliqua deux minutes plus tard. Après un bref échange entre les deux hommes que Laurène ne put capter, Dionnet quitta la pièce en souhaitant bonne chance à la jeune femme. Elle resta donc seule avec Bruce qui ne semblait pas disposer à lui faire la conversation. Celui-ci beugla :

- Donnez-moi vot' téléphone !

Laurène ne se fit pas prier, elle attrapa son portable et le tendit à son garde. N'ayant pas de temps à perdre, elle se retourna vers la cheminée et commença une inspection minutieuse. Allait-elle réussir à relever ce nouveau défi ?

***

Rano déboula dans le bureau de Martin et lui dit :

- Je crois que j'ai trouvé.

Déjà, se dit le commandant en regardant sa montre. Il était près de cinq heures de l'après-midi et il n'avait reçu aucune nouvelle de la part de Laurène. Où en était-elle ? Avait-elle besoin de plus de temps ?

- Martin ça va ? demanda la policière voyant que celui-ci ne lui répondait pas.

- Oui, excuse-moi, je pensais à autre chose, bafouilla-t-il. Qu'as-tu trouvé ?

- Laurent Dionnet !

Bien sûr, elle était tombée sur lui... c'était évident. La jeune femme lui fit le topo sur le bonhomme mais Martin en connaissait déjà tous les détails. D'ailleurs, son comportement attira l'attention de sa coéquipière :

- Ça ne t'intéresse pas l'histoire de Dionnet ? Qu'y-a-t-il Martin ? On a enfin une piste sérieuse et tu sembles ailleurs !

- Non, répondit-il sur la défensive, je t'écoute, tout simplement.

- Bon, il faut qu'on prévienne les collègues de Rennes. On a de quoi faire une perquise chez ce Dionnet, non ?

- Ça me parait un peu léger, ce ne sont que des suppositions. Pas sûr que le proc nous fasse un mandat.

- Mais tout se tient, enfin. Je vais aller voir Dardu.

- NON, dit vivement le commandant Mérier.

- Mais que t'arrive-t-il à la fin, il faut se bouger, s'énerva Rano.

Martin examina son portable. Aucun signe de Laurène. Il ne pouvait pas empêcher sa collègue de poursuivre l'enquête indéfiniment. Entêtée comme elle est, elle obtiendrait rapidement le mandat. Le policier se leva en silence et alla fermer la porte de son bureau. Sa décision était prise, il fallait qu'il parle à Rano, la vie de la fille de Laurène était en jeu. Il se rassit et invita sa coéquipière à en faire autant. Ce qu'elle fit, intriguée. Martin ne savait pas par quel bout commencer. Il se passa les deux mains sur le visage et prit une bonne inspiration. Face à lui, Valentine Rano était toute ouïe. Il commença donc :

- Laurène est chez Dionnet !

- Co... comment ça ? demanda la policière stupéfaite.

- Elle doit récupérer l'œil bleu pour sauver la vie de sa fille.

Le jeune femme se leva d'un bond et se tapa les deux mains.

- J'avais donc raison. Je savais que les deux affaires étaient liées. Pourquoi ne m'avoir rien dit ?

- Pour ne pas te mêler à cette histoire, pipota Martin.

- Et Laurène est partie toute seule dans la gueule du loup ? Nous devons intervenir !

- Il n'en est pas question, je lui ai laissé jusqu'à demain matin.

- Mais où sera le diamant demain ? Il n'est peut-être déjà plus en France.

- Si tel était le cas, Rano, Laurène aurait déjà abandonné et elle m'aurait appelé.

- Alors on la laisse faire ? Je te rappelle qu'on est des flics, on ne doit pas laisser les gens faire leur propre justice !

- Je te rappelle que sa fille est en danger, on lui demande de récupérer ce foutu caillou. Sans quoi, Océane Cansi aura peu de chance de s'en tirer !

Rano resta silencieuse. Elle était partagée entre le sens du devoir et laisser une femme sauver sa fille. Martin reprit :

- Je vais me rendre dès cette nuit à Rennes, au cas où. Je contacte Laurène pour la prévenir.

- Et demain matin, j'envoie la cavalerie chez Dionnet. Je n'attendrais pas plus Martin.

- Merci Rano, conclut le commandant rassuré par le comportement de sa collègue.

Celle-ci quitta la pièce sans un mot de plus. De son côté, Martin reprit son portable et appela la détective. Malheureusement, il tomba sur la messagerie après quelques sonneries. Un pressentiment s'était emparé de lui. Il fallait qu'il se rende à Rennes, Laurène aurait peut-être besoin d'aide.

***

Océane était essoufflée et fit une pause derrière un arbre. Cela faisait plus de deux heures et demie qu'elle courait comme une dératée dans la forêt, faisant des pauses de temps à autre. Après sa belle échappée des toilettes, Job avait pris la porte en pleine figure. Il avait réussi à reprendre ses esprits et à se lancer à la poursuite de la jeune fille. Elle l'avait entendu plusieurs fois se rapprocher et l'appeler. Il était coriace et semblait connaître cet endroit par cœur. Pour l'adolescente, cette forêt semblait interminable. Elle avait l'impression de tourner en rond et n'avait aucun repère. Plusieurs fois, elle avait manqué de chuter en se prenant les pieds dans des racines. Elle était épuisée par sa course et espérait rencontrer quelqu'un au plus vite. Mais elle n'avait vu personne et commençait à perdre espoir. Cependant, cela faisait vingt bonnes minutes qu'elle n'avait plus entendu Job. Elle devait avoir fini par le semer. Après quelques minutes de repos au

165

pied d'un arbre, elle se redressa et décida de continuer sa route en marchant. La pluie avait repris mollement et la luminosité baissait sensiblement en cette fin de journée. Avec le froid, Océane commençait à frissonner, elle avait une forte envie de se mettre au chaud. Elle marchait rapidement au travers du bois et trouva un sentier qu'elle commença à suivre lorsqu'elle vit une silhouette devant elle. Une lueur d'espoir, enfin ! L'individu s'éloignait et elle dut courir un peu pour arriver à sa hauteur. Elle n'était qu'à cinq mètres de lui lorsqu'elle le héla. Elle l'interpella une seconde fois et la silhouette se retourna. C'était Job ! Océane s'effondra au sol, vaincue, puis éclata en sanglots.

20

VIrgo maria spectat ad puerum suum

Ça se voyait comme le nez au milieu de la figure ! Comment avait-elle pu passer à côté ? Laurène était euphorique et pourtant fatiguée. Il était plus de minuit et enfin elle avait vu ce qu'il fallait voir ! Plusieurs fois pendant la soirée, elle avait failli sombrer dans la folie au pied de cette cheminée. Elle avait inspecté le tour du foyer brique par brique. Elle avait étudié l'inscription scrupuleusement et ce n'est que maintenant qu'elle découvrait la vérité. Elle avait pourtant bien vu qu'une des briques du bas de l'âtre bougeait. Elle avait même réussi à enfoncer légèrement la pierre sans pour autant actionner un quelconque mécanisme. Plusieurs fois, elle avait fait le tour de l'âtre, plusieurs fois elle en était revenue à cette brique. En faisant ça elle en avait oublié l'inscription située an haut de la cheminée. C'est en prenant du recul, alors qu'elle allait abandonner, qu'elle avait vu que le « v » et le « i » de Virgin étaient en majuscule et formaient le six des romains. Suite à cette découverte, sa première idée fût la bonne. Elle appuya rapidement six fois sur la brique qui l'intriguait et le miracle se produisit. Le fond de l'âtre pivota et laissa entrapercevoir une pièce cachée.

Bruce avait suivi toute la scène. Malgré l'ennui qui l'avait gagné en ce milieu de nuit, il était toujours debout et lucide. Voyant le passage s'ouvrir, il s'approcha sans tarder de Laurène.

- N'avancez pas, aboya-t-il.

La détective obtempéra aussitôt et se retourna vers lui, qui sans dire un mot prit son téléphone et appela Dionnet. Celui-ci arriva quelques instants plus tard accompagné des deux dobermans. Laurène avait presque oublié l'existence de ces deux chiens et leur présence n'était pas pour la rassurer. L'homme s'approcha de la détective et s'adressa à elle avec un grand sourire :

- Il parait que vous avez réussi madame Hugues !

- Oui, dit-elle sans fierté. Voyez, j'ai trouvé cette ouverture.

Dionnet s'approcha de la cheminée et observa le passage en se caressant la moustache. Laurène lui expliqua le mécanisme à sa demande.

- Ce n'était pas si compliqué, commenta-t-il en se retournant vers la jeune femme. Il ne nous reste plus qu'à découvrir cette pièce secrète. Je vous laisse aller devant ?

- Il me faudrait une lampe, dit Laurène avec fermeté.

Elle n'avait pas terminé sa phrase que Bruce était déjà sorti de la pièce. Il revint deux minutes plus tard avec deux torches électriques qu'il tendit à Laurène et Dionnet.

- Allons-y, ordonna ce dernier.

La détective baissa la tête pour pénétrer dans la cheminée. Elle était suivie de Dionnet et des deux chiens qui grognaient comme s'ils étaient affamés. Bruce fermait la marche.

***

Simon était inquiet. Il n'arrivait pas à dormir. Toujours sans nouvelles de Laurène en début de soirée, il avait contacté Mérier. Celui-ci était dans le même état que lui et avait décidé de se rendre à Rennes. Il était sur le point de partir, au moment où l'informaticien l'avait appelé. Ensuite, Simon avait continué à regarder les vidéos de surveillance. Dionnet avait réussi à se faire discret et n'avait fait qu'une courte apparition le vendredi après-midi avant le vol. D'après ce que Simon pouvait voir, il n'était même pas resté une heure et avait passé du temps avec les Bardin. Ils semblaient être des amis proches. L'informaticien se posait une question : les Bardin étaient-ils de mèche avec Dionnet ? On pourrait le croire d'après les images mais il ne fallait pas oublier que Léonard avait été blessé et que le jardinier avait été tué. Ces éléments faisaient douter de la possible implication des Bardin dans le cambriolage. Laure et Gabriel dormaient déjà depuis un moment et lui était toujours dans son canapé. Il avait essayé d'y dormir mais n'y parvenait pas. Mérier l'avait appelé vers 23h, à son arrivée en Bretagne. Le commandant devait se rendre rapidement au château pour voir ce qu'il s'y passait. Mais depuis, Simon n'avait plus eu de nouvelles. Il regarda sa montre, il était minuit et demi. Il ne pouvait plus rien faire pour le moment, à part attendre. La nuit promettait d'être encore longue.

***

Dans l'obscurité, Job regardait la jeune femme avec envie. Depuis qu'il l'avait récupérée, il la trouvait encore plus désirable. Ses pulsions reprenaient et il dut sortir pour se calmer. Respirant l'air frais de la nuit, il se dit qu'il avait bien failli la perdre. La patronne l'aurait tué si elle avait réussi à s'enfuir. Heureusement, la petite ne connaissait pas cette forêt et elle n'avait pas pu aller très loin. C'est qu'elle en avait dans le ventre pour une gonzesse. Après l'avoir retrouvée, elle était désespérée et il avait dû la rassurer. Cela lui avait plu d'ailleurs, de la réconforter. Il lui avait préparé un bon repas et elle avait mangé avec appétit, malgré tout. Puis, elle n'avait pas tardé à s'endormir. Lui n'avait pas réussi, il l'avait observée et avait lutté contre ses désirs. Putain, se dit-il, vivement que ce bordel s'arrête. La patronne lui avait dit que tout finirait normalement demain. Il avait hâte et en même temps, la jeune fille lui manquerait sûrement. Il s'était attaché à elle et, bien qu'il l'ait enlevée, il ne voulait pas qu'il lui arrive malheur. Il s'assit contre la porte d'entrée et décida de passer le reste de la nuit ici, pour éviter que ses pulsions ne prennent le dessus. Il resta éveillé à écouter les bruits de la forêt en nocturne et cela l'apaisa. Demain tout sera fini, se dit-il, mais de quelle manière ?

Ils venaient d'arriver dans une pièce exigüe. Elle ne devait pas faire plus de trois mètres de large sur deux de profondeur. Une drôle d'odeur régnait, entre celle de la suie et celle de l'humidité. Les deux torches éclairaient parfaitement les lieux et en particulier sa curiosité principale, située au centre. Il s'agissait d'une très belle statue représentant la Vierge à l'enfant, grandeur nature. Elle avait des lignes très sobres et sa couleur ivoire éblouissait les visiteurs. Ceux-ci avaient la sensation d'être irradiés de tout son amour maternel. L'enfant Jésus était allongé sur le bras gauche de Marie qui se tenait debout. Il était fermement emmailloté dans un linge et fixait sa mère. La main droite de la Vierge était délicatement posée sur le torse du bébé. Et, comme dans la phrase latine, la Vierge regardait son enfant. Elle le regardait avec amour et tendresse, une tendresse infinie. Ce fut Dionnet qui brisa le silence, après quelques instants d'émotion face à cette œuvre :

- Et maintenant, que faisons-nous ?

- Regardez bien la Vierge, répondit Laurène, il lui manque l'œil gauche.

L'homme s'approcha de la sculpture et constata qu'effectivement l'emplacement était creux. La détective reprit :

- Je suppose que vous avez le morceau manquant.

Sans un mot, Dionnet mit la main dans sa poche droite et en sortit une petite pochette en velours. Il ouvrit celle-ci et fit glisser son contenu dans sa main gauche. L'œil bleu apparut ! Enfin Laurène l'avait à portée de main. Ce caillou allait lui permettre de sauver sa fille. Elle fixait le diamant qui scintillait à la lueur des lampes. Bruce s'était approché, empêchant Laurène de faire la moindre tentative pour récupérer la gemme.

- Je n'ai qu'à le placer dans l'orbite, c'est ça ? demanda Dionnet.

- Je pense que c'est bien ça, dit la jeune femme.

L'entrepreneur prit le diamant de sa main droite et s'exécuta. Il s'écarta mais rien ne se produisit. Après une trentaine de secondes, Laurène s'exclama :

- Il faut peut-être appuyer six fois, comme le « six » de la phrase.

Dionnet s'approcha de la Vierge et d'une main fébrile pressa le diamant du nombre indiqué par la détective. Une nouvelle fois il recula et observa.

Une nouvelle fois rien ne se passa.

Soudain, les chiens grognèrent puis un bruit se fit entendre. Cela venait de derrière. Ils se retournèrent tous les trois en même temps et Bruce décida de passer le premier dans la cheminée. Laurène et Dionnet purent entendre ces quelques mots :

- Police, ne bougez pas monsieur. Les mains sur la tête…

La cavalerie était arrivée ! Laurène en fut soulagée. Un policier arriva dans la petite pièce secrète, c'était Mérier !

- Laurène, s'exclama-t-il, tu vas bien ?

- Oui Martin, rétorqua-t-elle, merci d'être venu.

- Et vous monsieur Dionnet, vous allez me suivre.

- Vous n'avez pas le droit de débarquer chez les gens comme ça.

Le commandant sortit un papier de sa poche et le tendit devant l'homme en disant simplement :

- Mandat d'arrêt contre vous !

Brusquement, il lui retourna les bras et lui passa les menottes aux poignets. Il le fit passer devant et dit à Laurène, discrètement :

- Récupère-le !

Il lui avait fait un signe de tête en direction de la vierge. La détective avait compris et profitant d'être seule dans la pièce, s'empara du diamant ! Il ne lui restait plus qu'à sauver sa fille maintenant.

21

Il y a 13 ans, Hérouville-Saint-Clair

Myriam avait demandé de l'aide pour son déménagement. Annie avait bien sûr répondu présente, elle ne pouvait rien lui refuser, elle était son amie depuis longtemps. Depuis le départ de son fils, quelques mois plus tôt, Myriam se sentait bien seule dans cette maison trop grande. Elle avait donc trouvé un appartement dans le centre de Caen. N'ayant pas le courage d'entrer dans la chambre de son garçon, elle avait demandé à son amie d'y faire les cartons. Pendant que les hommes commençaient à débarrasser le rez-de-chaussée, Annie s'y était rendue. L'adolescent n'en était plus un, c'était un adulte maintenant, tout comme Laurène. Ils avaient tous les deux le même âge. Ils étaient même de bons amis. Il y a quelques années, avant l'incident, Annie les aurait bien mariés. Mais, le fils de Myriam avait pris une voie différente et il n'était plus le gamin d'autrefois. Les souvenirs remontaient à la surface au fur et mesure qu'Annie mettait les affaires en cartons. Elle en avait fini avec l'armoire et s'attaqua au bureau, celui-ci était bien rangé pour un jeune homme. En se déplaçant, l'œil d'Annie fût attiré par une chose cachée sous le lit. Elle s'en approcha et s'agenouilla. Elle tâtonna sous le lit et toucha une boîte en métal qu'elle eut du mal à extirper. Il s'agissait d'une ancienne boîte de gâteaux. Elle en ouvrit délicatement le couvercle. Elle ne savait pas pourquoi mais son cœur cognait plus fort qu'à l'accoutumée. A l'intérieur, il y avait peu de chose : une lettre écrite à la main, des photos et quelques voitures « Majorette ». Annie, dont la curiosité était forte, déplia le papier et lut. Sa vie bascula à la lecture des premières lignes. La lettre commençait ainsi : *Je suis allongé dans mon lit et je ne trouve pas le sommeil...*

***

De nos jours, Cesson-Sévigné

Il était huit heures passées de dix minutes, Laurène venait d'être réveillée par la sonnerie de son téléphone. La nuit avait été courte mais elle avait réussi à bien dormir. Une fois Dionnet et Bruce arrêtés, elle avait appelé Simon et sa mère pour les tenir informés de la situation. Malgré l'heure tardive, elle ne les avait pas réveillés car tous les deux veillaient pour attendre de ses nouvelles. Annie, qui ne connaissait pas l'intégralité de la situation, l'avait félicitée pour son bon travail et l'avait rassurée sur l'avenir de son agence. Malgré tout, Laurène n'était pas vraiment convaincue. Quant à Simon, il avait aussi tout fait pour la réconforter et lui avait également fait part de ses découvertes. Il lui avait annoncé qu'il doutait d'une implication des Bardin dans l'histoire. La détective s'en fichait pas mal, ce qu'elle désirait désormais c'était sauver

Océane. Pour cela, elle avait voulu contacter Mélanie, mais elle n'avait aucun moyen de le faire, les messages qu'elle envoyait étant adressés depuis des téléphones à cartes prépayées. Elle n'avait donc eu qu'une seule chose à faire, aller se reposer et attendre que son ennemie la contacte. Malgré l'insistance d'Annie, Laurène n'avait pas voulu la rejoindre chez son amie à Betton, préférant la solitude et une chambre d'hôtel. En pleine nuit, Martin avait réussi à lui en dégoter une, à l'hôtel Germinal, à Cesson, où il dormait également.

Trop excitée pour retrouver le sommeil, Laurène alluma la télévision sur BFM pour voir s'ils parlaient de l'arrestation de Dionnet. Après seulement cinq minutes, les journalistes annonçaient la mise en garde à vue d'un suspect dans l'affaire de l'œil bleu, à Rennes. Ils n'avaient pas beaucoup à raconter mais cela ne les empêchait pas d'y consacrer de longues minutes. La détective était rassurée car ces informations forceraient peut-être Mélanie à se manifester. Après avoir éteint la télévision, elle alla se doucher avant de se rendre au petit déjeuner.

Lorsqu'elle arriva dans la salle à manger, quelques personnes étaient déjà attablées. Certaines étaient souriantes, d'autres semblaient avoir un réveil difficile. Martin faisait malheureusement partie du deuxième groupe. Il était installé près d'une fenêtre et ne semblait pas de bonne humeur. Laurène se rapprocha de lui et le salua :

- Bonjour Martin, bien dormi ?

177

Malgré son air renfrogné, le commandant esquissa un sourire en levant la tête pour voir la jeune femme. Elle en fût rassurée.

- Bof, répondit-il.

- Quelque chose ne va pas ? s'enquit-elle.

- Je me suis fait passer un savon par Dardu. Il me reproche d'avoir agi trop vite ou trop tard mais il m'en veut surtout de ne pas avoir retrouvé le diamant. Vivement que cette histoire soit finie.

- Et vivement que Mélanie appelle !

- Qui est Mélanie ? interrogea une voie derrière la détective.

Sa mère ! Laurène, ne s'attendait pas à la voir débarquer si vite. Elle s'exclama :

- Maman ! Comment as-tu fait pour venir ?

- En bus, pardi, répondit Annie, en souriant.

- Je vais me chercher un café, je sens que je vais en avoir besoin, dit Laurène en s'éloignant.

Mais si la jeune femme s'en était sortie, Annie n'avait pas eu de réponse à sa question. Elle interrogea Martin :

- Qui est Mélanie, commandant ?

- Une connaissance de votre fille, dit-il évasif.

Laurène revint avec son café et un pain au chocolat, puis s'installa face au policier.

- Je peux m'asseoir avec vous, demanda Annie.

- Oui, maman. Prends une chaise.

Sa mère alla chercher une chaise à côté et vint s'asseoir en disant :

- C'est vraiment dommage de ne pas avoir retrouvé ce diamant. Ce Dionnet que vous avez arrêté doit bien savoir où il est.

- Oui, répondit Martin, nous allons l'interroger jusqu'à ce qu'il crache le morceau.

- Tu vas pouvoir enfin te reposer Laurène, et laisser cette histoire derrière toi.

- Oui, mais je pense que la police va vouloir m'interroger… Disons que ce sera terminé dans quelques jours.

La jeune femme avait prononcé ces paroles en regardant le café qu'elle faisait tourner avec sa cuillère. Tandis que le silence s'était invité à la table, le téléphone de Laurène vibra dans sa poche. Elle s'en saisit et vit qu'un numéro inconnu l'appelait. Ce devait être Mélanie.

- Pardonnez-moi, il faut que je décroche.

Après avoir prononcé ces mots, elle se leva et sortit de la pièce. Dehors, elle décrocha.

- Bonjour Laurène.

C'était bien l'appel qu'elle attendait.

- Bonjour Mélanie, dit-elle sèchement.

- J'ai vu les infos, as-tu ce que je veux ?

- Oui, je l'ai.

- Alors rendez-vous ce soir sur les traces de ton enfance. Au bois de Bavent, ça te dit quelque chose ?

- C'est près de Caen ça, j'y allais quand j'étais petite.

- Je t'envoie les coordonnées GPS par SMS. Rendez-vous à 20h ce soir, seule, et n'oublie pas la marchandise.

Laurène n'eut pas l'occasion d'ajouter un mot, l'autre avait déjà raccroché. Elle allait devoir retourner en Normandie. Avec sa mère dans les pattes, ça n'allait pas être simple. Peut-être qu'elle pourrait en profiter pour la raccompagner à Hérouville-Saint-Clair et se rendre au bois de Bavent après. Son téléphone vibra de nouveau, elle avait reçu un message. Celui-ci contenant les coordonnées du rendez-vous. A quoi devait-elle s'attendre une fois là-bas ? Comment tout cela allait-il finir ?

***

Océane dévorait le pain sec que Job lui avait donné en guise de petit déjeuner. Pour faciliter l'engloutissement de sa ration, elle buvait de grandes lampées d'eau. Job était agité depuis quelques minutes, il avait reçu un appel. La jeune fille n'avait pas réussi à entendre la conversation mais il semblait qu'on arrivait au bout du chemin. Son ravisseur lui avait simplement dit qu'ils allaient avoir de la visite en fin de journée sans être plus précis. Etait-ce une bonne ou une mauvaise nouvelle ? Océane n'en savait rien. Pour le moment, elle profitait du morceau de pain qui lui remplissait l'estomac. Job évitait de la regarder, il faisait les cents pas dans la cabane et s'interrogeait sur son avenir. Il devait toucher un beau pactole à l'issue de sa mission. Que ferait-il avec ce fric ? Pourrait-il retrouver une vie normale après tant d'années passées dans la rue ? Toujours est-il qu'il devait encore patienter un peu avant de commencer une nouvelle existence. Le dénouement était prévu pour ce soir et il espérait que tout finirait bien.

22

19h45

Simon était angoissé. Laurène avait rendez-vous en forêt et en pleine nuit ! Elle l'avait appelé dans la matinée pour l'avertir. Heureusement, elle était partie avec son kit de survie, c'est-à-dire un système d'oreillette qui allait leur permettre de communiquer entre eux. L'informaticien n'avait pas pu rejoindre la Normandie, il devait une nouvelle fois veiller sur Gabriel. Malheureusement, le bébé ne souhaitait pas se coucher plus tôt que d'habitude et il semblait bien parti pour faire la fête à son père. Simon avait tout le mal du monde à se concentrer sur ce qui se passait du côté normand. Laurène avait fait la route entre Rennes et Caen avec sa mère et elle venait de la déposer chez elle, lui faisant croire qu'elle rentrait directement à Puteaux. Au lieu de ça, elle approchait du village de Bavent où elle allait bientôt s'arrêter en lisière de forêt. Sur le grand écran de l'appartement de l'informaticien, un plan de la région était affiché et un point lumineux rouge avançait, c'était Laurène. Un autre point, bleu celui-ci, suivait à deux kilomètres, c'était Martin qui voulait à tout prix venir en renfort. Les deux points clignotants semblaient passionner Gabriel, confortablement installé dans les bras de son père.

- Je me gare, dit Laurène.

- Ok, il te restera environ 700 mètres à parcourir à pied, dit Simon.

La distance était calculée automatiquement sur l'écran et le point de rendez-vous matérialisé sur la carte de l'informaticien avec le symbole de Batman.

- Bonne chance Laurène, ajouta-t-il. Fais attention aux racines, ne va pas te fouler une cheville !

***

19h48

Martin n'était pas équipé d'oreillette comme Laurène mais Simon communiquait avec lui par texto. Il venait de lui en envoyer un pour lui dire de ralentir, il était à moins de deux kilomètres de la détective. Il devait maintenant trouver un endroit où s'arrêter et pénétrer lui aussi dans la forêt. Le soir tombait et se repérer allait être une mission délicate. Heureusement, il pourrait suivre le GPS de son smartphone qui le mènerait lui aussi au lieu du rendez-vous. Laurène s'étant arrêtée sur le chemin de Bourgneuf, au nord du bois, il avait opté pour l'option sud par la rue du bout roulant. Il avait donc près d'un kilomètre et demi à parcourir dans les bois, il ne fallait pas traîner.

***

19h50

Laurène était toute tremblante. Elle venait de pénétrer dans la forêt et les bruits qu'elle entendait n'étaient pas rassurants. Heureusement, le ciel était presque dégagé et il ne pleuvait pas. Cependant, avec l'eau tombée ces derniers jours, le chemin se révélait très boueux et de fortes odeurs d'humidité se dégageaient du bois. Elle avait froid et marchait vite pour se réchauffer. Il lui restait dix minutes pour atteindre son but, situé à plus de 600 mètres. Elle ne devait pas lambiner. Les arbres gémissaient autour d'elle et, à plusieurs reprises, elle crut entendre quelques grognements. L'ambiance était oppressante. Glissé dans la poche intérieure de son sombre manteau, le diamant lui semblait peser une tonne. A chaque pas, elle le sentait taper contre sa poitrine. Heureusement qu'elle avait mis des chaussures de randonnée montantes car certains passages étaient très délicats et elle faillit à plusieurs reprises finir dans la boue.

***

19h51

Océane sentait la tension omniprésente dans le petit cabanon. Arrivée en fin d'après-midi, la femme avait observé l'adolescente d'un regard méprisant mais ne lui avait pas adressé un seul mot. Elle avait discuté avec Job un bon moment en dehors du chalet et le ton était monté. L'homme de main voulait récupérer son fric mais elle lui avait signifié que le boulot n'était pas terminé. Pendant leur discussion un homme avait débarqué, Océane ne savait pas qui c'était. D'un certain âge, l'inconnu avait les cheveux blancs avec quelques longueurs et une silhouette élancée. Maintenant, tout le monde attendait en silence à l'intérieur. L'adolescente était toujours fermement attachée au lit mais en position assise. Tandis que le dernier arrivant patientait, installé à table, les deux autres faisaient les cent pas dans la pièce. Un silence religieux régnait et personne n'osait faire le moindre bruit.

***

19h56

La forêt était épaisse et Martin ne voyait pas où il mettait les pieds. Avec la boue, il avait l'impression de traîner un boulet. Il avançait lentement, trop lentement à son goût. Il lui restait encore un kilomètre avant d'arriver au point de rendez-vous. Il décida d'envoyer un texto à Simon pour qu'il demande à Laurène de ralentir. Il marchait aussi vite qu'il pouvait mais arriverait-il à temps ?

***

19h59

Moins de cinquante mètres à parcourir. La détective vit une petite lueur au bout du chemin. Une masse sombre qui ressemblait à une habitation lui apparut. Eh bien, les propriétaires ne doivent pas être embêtés par les voisins, se dit-elle.

- Tu y es, tu vois quoi ? demanda la voix dans son oreille.

Laurène qui s'approchait put voir distinctement ce qu'elle avait devant elle.

- Un chalet, répondit-elle.

- Un chalet ? Il n'apparait même pas sur mon plan !

- Il est pourtant devant moi et la lumière est allumée.

- N'oublie pas de gagner du temps. Martin est encore à plus de 900 mètres de toi.

- Je vais faire ce que je peux. Bon, je vais bientôt entrer.

Simon ne répondit pas. La détective marchait d'un pas plus lent désormais. Elle était à une dizaine de mètres de la porte d'entrée. Elle espérait que sa fille était bien ici. Son cœur cognait fort. Tout allait se jouer dans les prochaines minutes. Elle était maintenant devant la porte et frappa.

***

20h01

Le toc-toc retentit dans le chalet ce qui fit sursauter Océane. Mélanie, quant à elle était prête et alla ouvrir immédiatement. Lorsqu'elle entrebâilla la porte, elle vit le visage de son ennemie et lui dit :

- Tu es en retard Laurène !

La détective ne se laissa pas démonter et ne répondit rien. Elle dévisagea son ancienne employée. Celle-ci était toujours aussi apprêtée et portait une robe bleue qui lui arrivait aux genoux. Ses longs cheveux blonds étaient parfaitement lissés et un maquillage soigné faisait ressortir ses grands yeux bruns. Elle s'écarta pour laisser passer Laurène qui put voir l'ensemble de la pièce. Elle vit immédiatement sa fille, ligotée sur un matelas et ne fit pas attention aux deux autres hommes présents. Les yeux d'Océane trahissaient sa fatigue et la détective eut envie d'en finir au plus vite.

- Emouvantes retrouvailles, s'amusa Mélanie.

L'adolescente fut surprise de cette tirade et observa attentivement la femme qui venait d'entrer. Son visage lui disait quelque chose mais elle ne sut dire où elle l'avait déjà vue. Que pouvait bien signifier cette phrase ?

- Bon, on passe aux choses sérieuses, s'agaça Laurène, irritée par les paroles de son ennemie.

- Impatiente ma chère, calme-toi et installe-toi à table, dit l'ancienne secrétaire en indiquant une chaise. Laisse-moi te présenter monsieur Ricci, c'est un expert en orfèvrerie. Il est là pour authentifier le caillou que tu as apporté. J'espère pour toi que tu ne m'as pas flouée et que tu as apporté le vrai, cette fois.

La détective ne répondit pas et s'assit près de l'homme aux cheveux blancs que venait de lui présenter Mélanie.

- Pas trop vite, dit Simon à l'oreille de Laurène. Martin est encore à 500 mètres !

Lentement, elle mit la main dans la poche intérieure de son manteau et en sortit une petite pochette en velours qu'elle tendit à Ricci. Celui-ci s'en saisit et vida le contenu dans sa main gauche. L'œil bleu apparut aux yeux de tous. L'homme le soupesa lentement, l'observa et prit une loupe spéciale dans une de ses poches. Il examina scrupuleusement le diamant. Il

186

tiqua plusieurs fois et finit par se pencher sur une mallette posée à ses pieds. Avec difficulté, il en extirpa une sorte de microscope qu'il installa sur la table et plaça le diamant sur le socle prévu à cet effet. Il posa ses deux yeux sur l'objectif et continua son manège en tournant la gemme constamment. Le temps s'égrainait lentement et Mélanie s'impatientait en tapant du pied.

***

20h08

Le téléphone indiquait qu'il lui restait 212 mètres à parcourir. Depuis cinq minutes, Martin était sur un plus large sentier et il avançait à un bon rythme malgré les conditions difficiles. Il espérait arriver à temps pour arrêter Mélanie et récupérer le diamant. L'effort qu'il produisait le faisait suer, il avait chaud sous son imperméable gris. Son corps avait envie de lui dire stop mais sa volonté de fer le poussait à poursuivre jusqu'à son but. Redoublant d'énergie il pressa le pas.

***

20h09

Comme les minutes étaient longues. Le temps passé à vérifier l'authenticité du diamant jouait en faveur de Laurène. Elle observait le trépignement de Mélanie avec amusement. Océane de son côté était perdue, elle ne comprenait pas ce que venait faire cette femme ici et encore moins ce bout de caillou. Job, prostré dans un coin, était calme et attendait que tout cela se termine. Ricci continuait d'ausculter le diamant sous toutes les coutures puis s'arrêta soudainement et posa la gemme sur la table. Il releva les yeux et regarda alternativement les deux femmes. Personne n'osait parler et pourtant Mélanie était à deux doigts de la crise de nerfs. Elle s'était approchée et se tenait debout à côté de la détective. Le vieil homme plongea son regard dans les yeux de Mélanie et ses lèvres s'entrouvrirent. Les paroles qu'il prononça à cet instant claquèrent tel un coup de tonnerre :

- C'est un superbe travail. Du très grand art. Mais, c'est un faux !

23

20h10

Un silence pesant régnait dans le chalet. Laurène faillit bien s'évanouir sur le coup de l'annonce. L'instant lui parut irréel, elle avait l'impression de vivre un cauchemar dont elle n'avait qu'une envie : se réveiller. L'ancienne secrétaire, secouée également, avait baissé la tête puis tournés les yeux vers son ennemie. Elle était rouge et sa mâchoire tremblait d'énervement. Elle réussit, avec difficulté à briser le silence :

- Tu t'es encore jouée de moi ! Tu m'as encore roulée et tu vas le payer cher.

Elle s'arrêta et se dirigea vers l'entrée où était accroché son sac à main. Elle en sortit un revolver qu'elle pointa tout d'abord vers Laurène.

- Tu t'es vraiment foutue de ma gueule, reprit-elle. Tu peux dire adieu à ta fille.

En prononçant cette phrase, elle passa devant la détective et s'approcha d'Océane.

- NON, cria Laurène

- C'est ce qu'on va voir, rétorqua son ennemie.

Puis, elle tendit l'arme vers Océane, complètement perdue et incapable de réagir. Job qui s'était approché discrètement d'Océane s'élança rapidement vers Mélanie et la fit tomber. Déséquilibrée, elle lâcha l'arme qui tomba au sol. Profitant de la confusion, Laurène sauta sur le revolver pendant que l'ancienne secrétaire se débattait avec Job qu'elle repoussa brutalement. Voyant que la détective s'emparait de l'arme, Mélanie se remit debout et assena un coup de pied dans les côtes de la jeune femme. Laurène garda tout de même le revolver en main mais son corps roula contre un des pieds de la table. Reprenant ses esprits, elle pointa le canon vers son ennemie qui courait vers la porte d'entrée située à moins de quatre mètres. Elle tenta un tir trop hasardeux qui échoua dans le mur. Cette mauvaise manœuvre permit à Mélanie d'ouvrir la porte et de sortir en courant. Elle fut suivie de près par Job. La détective se releva avec difficulté, ses côtes lui faisaient mal. Elle trottina jusqu'au seuil et, à droite, distingua les deux silhouettes s'enfoncer dans les bois. Elle entendit un bruit sur sa gauche, c'était Martin. Elle lui cria :

- En face de toi, Mélanie et son complice viennent de m'échapper.

Le policier se mit à courir et passa devant elle sans s'arrêter.

- Je m'en occupe, ta fille est là ?

- Oui, rétorqua Laurène en direction de Martin qui s'éloignait.

Elle se retourna et vit Ricci qui défaisait les liens d'Océane. Celle-ci semblait perdue et regardait la détective d'un œil interrogateur. Elle demanda :

- Qui êtes-vous ?

- Je suis ta mère… ta mère biologique.

A ces mots, l'adolescente éclata en sanglots et Laurène en fit autant.

***

Simon avait tout suivi mais n'avait rien pu faire pour aider son amie. Il aurait aussi voulu être utile à Martin mais n'avait aucun moyen de le soutenir. Ce qui comptait finalement, c'était d'avoir sauvé Océane. Désormais, il ne souhaitait pas écouter la conversation entre Laurène et sa fille. Il avait par conséquent coupé la connexion avec la jeune femme en lui disant simplement :

- Bonnes retrouvailles.

Bien que l'adolescente fut en sécurité, une question continuait de le perturber. Si le diamant que Laurène possédait était faux, où se trouvait le vrai ? C'était pourtant le vrai qui était sorti du Louvre la semaine dernière… Simon trouvait que quelque chose clochait dans cette histoire. Soudain, il entendit un petit bruit, sur le canapé à côté de lui. Il tourna la tête et vit son fils, tout sourire en train de jouer avec une télécommande. Il lui dit :

- Mon pauvre, je t'avais complètement oublié. Je vais peut-être te mettre au lit.

Il attrapa Gabriel et le prit fermement dans ses bras, oubliant quelques instants l'affaire qui l'avait occupée ces derniers jours.

***

Martin avait vu les deux masses sombres se séparer devant lui et il ne sut dire laquelle des deux était Mélanie. Il avait dégainé son pistolet et en suivait une au hasard. Elle se trouvait à une cinquantaine de mètres devant lui et il avait beaucoup de mal à gagner du terrain. Avec les efforts qu'il avait déjà fournis, ses jambes commençaient à donner des signes de fatigue. La silhouette était toujours visible mais avançait à un bon rythme. Il ne pouvait pas utiliser son arme à cette distance sur une ombre mouvante. Le policier voulut accélérer mais son corps refusait de lui obéir ; il continua donc à la même vitesse. Il ne voulait pas le ou la laisser s'en tirer comme ça.

Cependant, malgré ses efforts, l'ombre disparut peu à peu et Martin dut se rendre à l'évidence. Il n'avait pas réussi à tenir la distance et il n'y avait plus d'espoir de mettre la main dessus. En tout cas, pas ce soir. La chasse était finie pour aujourd'hui. Il décida de faire demi-tour et regarda son téléphone, il avait 250 mètres à parcourir pour revenir au chalet.

***

Océane était sortie prendre l'air, elle ne voulait pas parler à cette femme qui disait être sa mère. De quel droit entrait-elle dans sa vie ? Que venait-elle faire dans cette histoire ? Les questions se bousculaient dans la tête de l'adolescente mais elle n'avait pas la force d'aller chercher les réponses. En tout cas, pas maintenant. Elle devait d'abord digérer l'annonce qu'elle venait d'entendre. Désormais Océane était libre et n'avait qu'une seule envie : rentrer chez elle et prendre une douche bien chaude.

Pendant que la jeune fille prenait l'air et savourait le goût de la liberté retrouvée, sa mère reprenait lentement ses esprits dans le chalet. Elle essuya d'un revers de main, les larmes qui coulaient et vit Ricci qui rangeait son matériel, près de la table. Elle s'approcha de lui, prit la gemme dans sa main droite et l'interrogea :

- Vous êtes formel, il ne s'agit pas de l'œil bleu ?

Le vieil homme s'arrêta et leva la tête pour regarder la détective.

- J'ai eu beaucoup de mal à le voir mais je suis affirmatif, il s'agit d'une copie. Pour tout vous dire, il s'agit même d'une copie trop parfaite. Ce bout de caillou ne montre pas les défauts naturels que l'œil bleu est censé avoir.

- Mais si celui-ci est faux, où est le vrai ?

- C'est une bonne question mais malheureusement je ne peux pas vous aider.

Il marqua un temps d'arrêt et reprit :

- Je vais devoir y aller. Je ne voudrais pas croiser la police.

- Dites-moi, comment avez-vous connu Mélanie Vendrôme ? demanda Laurène

- Je ne la connais pas vraiment, elle est venue me voir en me proposant d'authentifier l'œil bleu et c'était plutôt bien payé.

- En travaillant pour elle, vous avez été complice d'un enlèvement.

- Mais je n'y suis pour rien…

Sur ces mots, il accéléra le mouvement pour ranger son matériel. Il ferma sa mallette et s'apprêtait à partir mais la détective se posta devant lui.

- Vous ne partirez pas d'ici.

- Laissez-moi, c'est entre madame Vendrôme et vous.

- NON, s'agaça la jeune femme.

La porte d'entrée s'ouvrit derrière Laurène. C'était Martin qui entrait en demandant :

- Que se passe-t-il ici ?

- Monsieur Ricci est pressé de partir, répondit la détective.

- Monsieur Ricci est prié de rester ici et de collaborer avec la police. Je vous arrête pour complicité d'enlèvement.

- Vous n'avez pas le droit, rétorqua le vieil homme.

- C'est ce qu'on va voir.

Le policier dégaina ses menottes et les passa aux poignets de Ricci. Laurène en profita pour sortir tenant fermement le faux diamant dans sa main. Océane marchait de long en large devant le chalet. Elle s'adressa à sa fille :

- Tu veux bien parler ?

L'adolescente s'arrêta et s'avança vers la détective. Les dents serrées et le visage bouffi par les larmes, elle lui répondit :

- Je veux bien connaitre la vérité sur toute cette histoire mais sachez une chose. Une seule chose. Vous ne serez jamais ma mère.

***

Job avait trouvé une planque dans une espèce de petite grotte naturelle. Il connaissait la forêt par cœur, et heureusement, car ce gars aurait bien pu le choper. Cette fichue histoire s'est bizarrement finie. Il n'en revenait pas de ce qu'il avait vu. Il n'avait pas touché le reste du fric mais il s'en était bien tiré. Il n'avait plus qu'à retourner dans la rue désormais. Même s'il avait gagné un peu de blé dans le coup, il préférait vivre dehors, anonymement. Il avait tellement honte de lui, de son passé. Oui, il valait mieux se faire discret et ne pas la ramener.

***

Martin et Laurène avaient décidé d'aller dormir à Caen, dans un petit hôtel du centre. Juste après que Laurène eut expliqué le gros de l'histoire à Océane, la cavalerie normande était arrivée. Le chalet avait été envahi de flics et les ambulanciers avaient pris la jeune fille en charge. Les policiers avaient interrogé Laurène, puis le commandant Mérier. Celui-ci avait également reçu un appel de Dardu qui l'avait sermonné un bon quart d'heure sur sa prise d'initiative hasardeuse. Une chance que la fille soit encore en vie, lui avait-il répété. Martin et Laurène venaient d'arriver dans l'hôtel situé près du château de Caen. Il était plus de 23h et il ne restait qu'une seule chambre. Ils ne

195

firent pas les difficiles, tous deux acceptèrent. La chambre, très chaleureuse, disposait d'une belle ambiance tamisée. Martin posa les valises et Laurène enleva son manteau, s'assit sur le lit et retira ses chaussures pleines de boue avec un long soupir de soulagement.

- Tu devrais faire comme moi, dit-elle en s'étalant sur le lit.

En silence, il s'assit près de la jeune femme et fit de même, se retrouvant allongé à ses côtés.

- C'est vrai que ça fait du bien, dit-il.

Il tourna la tête vers Laurène et reprit :

- Tu dois être soulagée, ta fille est en sécurité.

La détective le regarda à son tour. Leurs visages étaient proches.

- Oui, même si nous n'avons pas retrouvé le diamant. Le principal est qu'Océane soit libre.

- Voudra-t-elle t'accepter dans sa vie ?

Laurène observait Martin. Il était beau même avec les cheveux ébouriffés et les cernes dus à la fatigue.

- Ai-je le droit d'en faire partie ?

Le policier qui sentait le souffle chaud de la jeune femme sur son visage eut l'envie irrépressible de l'embrasser.

- C'est à elle d'en décider, dit-il.

Laurène approcha son visage de celui de Martin.

- L'avenir nous le dira, répondit-elle en embrassant le policier.

Celui-ci se tourna sur le côté et passa un bras autour de la jeune femme. Tous les deux avaient la même envie. La nuit promettait d'être délicieuse.

24 heures plus tard

Laurène et Martin planquaient depuis quatre bonnes heures devant la propriété et rien ne s'était passé. Simon avait eu une idée pendant la nuit et s'était empressé d'appeler Laurène au petit matin pour lui exposer sa théorie. D'après ses dires tout devrait se passer cette nuit. Depuis 19h, ils planquaient donc ici, cachés derrière un buisson. Heureusement, ils s'étaient habillés chaudement mais regrettaient la nuit dernière qui avait été bien plus agréable. Le retour à la réalité avait été brutal, avec ce coup de fil de Simon et les dépositions à faire au commissariat de Caen. En fin d'après-midi, ils avaient repris la route pour revenir ici, au château de Cucé.

- Il est déjà minuit, chuchota Martin, tu crois que quelqu'un va venir ?

- Simon avait l'air sûr de lui. Il l'avait mis sous surveillance et il a vu une réservation de train pour Rennes cet après-midi. Il faut patienter encore un peu.

- C'est qu'il commence à pleuvoir, on va finir trempés.

- On se réchauffera à l'hôtel, dit Laurène en adressant un clin d'œil à Martin.

Quelques minutes passèrent et une voiture se gara discrètement près des grilles de l'entrée.

- Tiens, tiens, on a de la visite, dit la jeune femme.

Une silhouette sortit du véhicule et se dirigea vers le château. Laurène et Martin la suivirent discrètement, une bonne vingtaine de mètres derrière. L'ombre se déplaça rapidement jusqu'à la porte d'entrée du pavillon central. Sans difficulté apparente, elle entra dans la demeure. Les deux enquêteurs s'approchèrent mais restèrent à l'extérieur.

- On va attendre cinq minutes, chuchota Martin.

La détective approuva d'un signe de tête. Derrière la porte, ils patientèrent donc en silence. La pluie continuait de dégringoler sur eux mais ils s'en fichaient. Les minutes paraissaient longues. Puis le policier prit la parole :

- On peut y aller.

Ils ouvrirent la porte, celle-ci n'était pas verrouillée, et se glissèrent dans le château. Il faisait sombre et l'ambiance était inquiétante. Mise à part l'eau qui s'abattait sur le toit et frappait les fenêtres, il n'y avait pas un bruit. Le policier ouvrait la marche, suivi de près par la détective. Ils se dirigèrent vers la pièce à la cheminée. L'invité nocturne ne pouvait être que là. Lorsqu'ils eurent atteint leur but, ils virent le passage de la cheminée ouvert, la silhouette s'y glissait à l'instant où ils arrivaient. Martin sortit son arme et s'approcha du passage. Il arriva derrière l'ombre et pointa son arme dans son dos en disant :

- Police, mettez les mains en l'air, vous êtes en état d'arrestation.

Toujours dans le noir, la silhouette leva les bras et se retourna doucement. Laurène alluma la torche de son téléphone et les enquêteurs purent voir son visage. Simon avait raison, c'était bien la bonne personne.

- Madame Bardin, dit Martin, on fait une petite promenade nocturne ?

- Bonsoir commandant, répondit-elle, vous ne semblez pas surpris de me voir.

- C'est que nous avons eu des indices prouvant votre culpabilité.

- Et moi qui pensais avoir été discrète, ricana-t-elle, avec son air toujours agaçant.

- Laurène, passe-lui les menottes.

- Avec plaisir, rétorqua la détective en s'avançant vers la femme.

- Madame Hugues, s'exclama Bardin, je ne vous avais pas reconnue. Vous vous rattrapez de votre échec.

La détective ne répondit rien. Elle baissa les bras de la femme dans le dos et la menotta fermement.

- Vous me faites mal, cria la coupable.

- Tant mieux, répondit Laurène agacée.

- Comment avez-vous découvert la vérité ?

- Vous connaissiez bien Dionnet, car vous et votre mari apparaissez avec lui la veille du vol, dit la jeune femme.

201

- Cela ne prouve rien.

- Cela nous a mis la puce à l'oreille. Ensuite, nous avons découvert que le diamant de Dionnet était faux. Un de nos collaborateurs, vous le connaissez sûrement, c'est mon ami Simon qui a aidé à la mise en place du système de surveillance…

Bardin ne répondit pas, Laurène continua :

- Je disais donc, Simon a suivi votre piste et piraté votre téléphone.

- C'est pour ça qu'il est repassé tôt ce matin pour récupérer du matériel ?

- Oui, il a réussi à subtiliser votre téléphone, ainsi que celui de votre mari.

- Vous êtes forts !

- C'est gentil de le reconnaître. En piratant votre téléphone, nous avons donc eu connaissance de votre coup de fil de ce midi à un certain Pierre Lefort, le garde du corps de Dionnet et également sosie officiel de Bruce Willis.

Laurène sourit de sa petite plaisanterie puis poursuivit.

- C'est ainsi que nous avons découvert que Dionnet n'était qu'un pion sur votre échiquier. Vous l'avez convaincu de faire voler le diamant. Ce qu'il a fait en vous envoyant feu Anthony Mallet. Vous l'avez rencardé sur notre système de surveillance et avec votre complicité, il a pu pénétrer dans la villa pour y subtiliser l'œil bleu.

- Et ensuite ? demanda la femme

Ce fut Martin qui répondit :

- Vous avez retrouvé Mallet au point de rendez-vous dans un squat et vous l'avez assassiné.

- Ce ne sont que des hypothèses commandant, mais continuez, votre histoire me passionne.

- Vous êtes une cinglée, rétorqua le policier. La suite, la voici : vous avez récupéré le vrai diamant et avez donné un faux à Dionnet pour qu'il continue de rechercher le mécanisme. Pierre Lefort, alias Bruce Willis, n'était pas son garde du corps mais son geôlier. Celui-ci vous informait de tout ce qui se passait dans le château. Il vous a communiqué les moindres détails du fonctionnement du mécanisme et ça, nous en avons les preuves. Nous disposons de tous vos échanges par texto, merci Simon.

Le policier avait prononcé ces dernières paroles d'un air triomphant mais Elisabeth Bardin n'était pas abattue, elle souriait.

- Pourquoi souriez-vous madame ? demanda Laurène

- Vous ne trouvez pas que c'était bien combiné, dit-elle fièrement.

Martin n'ajouta rien et fouilla le manteau de la femme en silence. D'une des poches, il sortit un petit sachet de velours. Il le tendit à Laurène qui s'en saisit. Elle posa son téléphone à ses pieds et ouvrit la poche en déversant le contenu dans sa main gauche.

- A toi de jouer, dit le policier en dirigeant son regard vers la statue de la Vierge face à eux. J'emmène cette pourriture au dehors.

Il rangea son arme et se saisit de sa prisonnière. Ils sortirent de la petite pièce, laissant Laurène seule face à la belle statue. La lumière qui sortait de son téléphone posé au sol donnait à celle-ci un aspect surnaturel, comme si la Vierge flottait dans les airs. La détective s'approcha de la madone et mit l'œil en place. Elle pressa légèrement le diamant et cette fois celui-ci s'actionna. La gemme s'était enfoncée d'un demi-centimètre et un cliquetis se fit entendre sous la statue. Laurène baissa la tête, prit son téléphone et scruta le socle. Elle contourna la Vierge et derrière celle-ci, vit le socle ouvert. Il y avait une petite trappe, de trente centimètres sur vingt. Elle l'ouvrit et y découvrit une bonne dizaine de parchemins enroulés et parfaitement conservés. Elle venait de découvrir le trésor du cardinal de Boisgelin de Cucé. L'avenir confirmerait qu'il s'agissait de documents secrets transmis par le roi au cardinal pour être conservés en lieu sûr. Les historiens y découvriraient quelques secrets d'états. La découverte de Laurène serait d'une valeur inestimable pour tous les passionnés.

25

Dès le lendemain matin, Valentine Rano avait procédé à l'arrestation de Léonard Bardin. Celui-ci avait subi un interrogatoire musclé toute la matinée mais n'avait rien lâché. Selon ses dires, il n'était pas au courant de la machination orchestrée par sa femme. A midi, Rano sortit de la salle d'interrogatoire, fatiguée d'avoir entendu la même histoire pendant des heures. Elle alla rejoindre Martin dans son bureau. Celui-ci venait de rentrer de Rennes et faisait ses cartons, aidé par Laurène. Le déménagement devait être fini pour la fin de la semaine. Dès le lundi suivant, les opérations de leur service reprendraient rue du Bastion. Rano venait sans doute de faire son dernier interrogatoire au quai des Orfèvres et c'est avec une certaine nostalgie qu'elle voyait les cartons s'empiler dans les bureaux et notamment celui du commandant Mérier.

- Alors, prêt à partir ? lui demanda-t-elle en passant la porte du bureau.

Martin, accroupi au pied d'un carton, leva la tête.

- Presque, répondit-il, et toi ?

- J'ai commencé à débarrasser mes affaires mais je ne suis pas vraiment prête. J'aimais bien cet endroit, il était chargé d'histoires.

- Ce sera à nous d'écrire l'histoire du 36, rue du Bastion… En tout cas, le début.

Laurène, restée silencieuse dans son coin, prit la parole :

- Eh bien, vous êtes mélancoliques ce matin ! Et l'interrogatoire de Bardin, ça a donné quelque chose ?

- Pas vraiment, répondit la policière, il ne semble pas au fait des agissements de sa femme. Ça vous parait possible ?

- Oui et non, dit la détective. Il est vrai que madame Bardin est venue seule au château avec l'œil bleu mais il parait improbable qu'elle ait manigancé ça sans que son mari s'en aperçoive…

- C'est peut être une formidable cachottière, dit Martin.

- Oui, peut-être… conclut Rano. L'avenir nous le dira ou pas ! En tout cas, vous avez fait un super boulot tous les deux.

Laurène fut surprise d'avoir un compliment de sa part et la remercia :

- Merci Valentine.

- Ça veut dire que vous avez enterré la hache de guerre toutes les deux ? demanda Martin en les pointant du doigt.

La détective attendit la réponse de Rano qui vint après un moment de silence pendant lequel les deux femmes se toisaient.

- On peut dire ça comme ça.

La policière avait prononcé ces mots peut être plus durement qu'elle ne l'aurait réellement souhaité ; Elle poursuivit :

- Bon, j'ai un interrogatoire à conclure et des cartons à faire, je vous dis à plus tard.

- A plus, répondirent en chœur Martin et Laurène.

Puis, la détective vint s'accroupir près du policier :

- Tu crois qu'elle va enfin me laisser tranquille ?

- Je ne sais pas… Mais si elle apprend qu'on est ensemble, ça m'étonnerait.

- Alors profitons du répit, dit la jeune femme en déposant un baiser sur les lèvres de son homme.

Martin profita du baiser et dit :

- Attention, elle pourrait nous surprendre !

- Oui, méfions-nous dit Laurène en souriant. Bon, il faut que je repasse à mon agence. J'ai rendez-vous avec Margot pour tout lui expliquer et pour mettre de l'ordre dans nos affaires.

- Maintenant que les médias ont parlé de toi comme celle qui a retrouvé l'œil bleu, tu penses que les clients vont avoir de nouveau confiance ?

- Espérons-le ! Mais n'oublie pas que seule, je n'aurais jamais mis la main sur le diamant ! Nous devons remercier Simon.

- Alors, allons boire un coup avec lui ce soir !

- Bonne idée, je vais l'appeler en chemin.

Laurène se releva après un dernier baiser. Elle prit sa veste posée sur une pile de carton et jeta juste avant de sortir :

- A ce soir, commandant !

Seule dans sa voiture, Mélanie enrageait. Elle avait vu les infos et cette petite salope s'en sortait une nouvelle fois très bien. L'agence S&H continuerait de fonctionner comme avant et son fantôme noir poursuivrait ses activités comme si rien ne s'était passé. Il ne fallait pas oublier ce que Romain Stern avait fait à son père et à sa famille. Son paternel croupissait, seul, en prison par la faute de ce soi-disant redresseur de torts. Laurène Hugues ayant pris la relève de son associé, il fallait qu'elle paye à tout prix. Mélanie avait tenté de s'en prendre à l'agence S&H mais elle venait d'échouer. Cette fois, elle était bien décidée à frapper un grand coup.

La jeune femme était garée près de la maison. Mise à part quelques promeneurs qui passaient de temps à autre, la rue était calme en cet après-midi d'automne. Elle avait pris toutes les précautions pour ne pas être reconnue ici. Ce qu'elle s'apprêtait à faire n'était pas une bonne chose, mais c'était nécessaire. Pour se donner du courage, elle avait dû avaler quelques calmants. Mélanie n'était jamais passée à l'acte. Mais sa rage l'emportait. Laurène devait payer le prix fort et cette fois-ci, il n'y aurait pas de cadeau. Elle attendit qu'un couple d'anciens traverse la rue pour sortir de son véhicule. Elle réajusta légèrement sa perruque brune et ses lunettes de soleil puis claqua sa portière. Elle avança lentement vers l'entrée. Elle poussa le portillon blanc et après quelques pas se trouva devant la porte. Elle respira un grand coup. Même les médicaments avaient du mal à la calmer. Elle ressentait un mélange d'excitation et d'appréhension, comme si elle allait sauter dans le vide. Une sorte de saut à l'élastique… mais y-avait-il un élastique ? Après une bonne bouffée d'air, elle appuya sur la sonnette. Elle entendit quelques pas résonner dans la maison. Ceux-ci s'approchaient de l'entrée. Le bruit du trousseau de clés que l'on manipule se fit entendre, la poignée s'abaissa et la porte s'ouvrit. Annie apparut dans l'encadrement.

***

Une pinte de bière en face de chacun, Laurène, Simon et Martin étaient souriants, accoudés au bar d'un pub presque typiquement irlandais.

- A cette affaire rondement menée, dit Martin en levant son verre.

Tous trois trinquèrent en entrechoquant leurs pintes et avalèrent une gorgée.

- Merci beaucoup pour ton aide et ta perspicacité Simon, dit Laurène sérieuse.

- C'est avec plaisir que je joue au détective amateur avec vous.

- Sans toi, nous serions passés à côté de Bardin et n'aurions peut-être pas remis la main sur l'œil bleu, renchérit le policier. Tu as été le grain de sable dans la belle mécanique qu'elle avait orchestrée.

- Depuis le début je trouvais que quelque chose clochait… puis je n'ai fait que remonter le fil en piratant son téléphone.

- Tu as le flair d'un fin limier, dit Laurène en souriant.

Tous les trois reprirent une lampée de bière, puis Simon s'adressa à la détective :

- Et maintenant, que vas-tu faire avec Océane ?

Le visage de la jeune femme se ferma légèrement et elle répondit :

- Elle ne veut pas me parler, en tout cas pas pour le moment. Mais ce n'est finalement peut être pas une mauvaise chose. Ma vie est sans doute trop dangereuse, pour l'instant. Je n'ai pas le droit de la lui imposer.

- Alors tu vas baisser les bras comme ça ? demanda Martin.

- Je ne baisse pas les bras, je dis simplement qu'avec cette Mélanie en liberté, ça peut être dangereux pour elle.

- Mélanie connait son existence, insista le policier. Elle est déjà en danger, à supposer que cette folle ne remette ça.

Bien sûr, Laurène pensait aussi à sa double vie. Martin ne connaissait pas sa deuxième identité, celle du fantôme noir. Tant que la jeune femme poursuivrait ses agissements de ce côté-là, il n'y avait pas de place pour sa fille.

- En attendant qu'elle ne revienne, profitons de la soirée, dit Simon en portant son verre à ses lèvres.

Sur ces paroles, le téléphone de Laurène sonna. Elle le prit et regarda le numéro qui appelait. Celui-ci lui était inconnu.

- Tiens, peut-être des nouvelles de Mélanie, dit-elle en montrant son portable aux hommes.

- Bah décroche, dit Martin anxieux.

La détective s'exécuta et porta le combiné à son oreille.

- Allô ? dit-elle.

- Bonsoir madame Hugues, commissariat d'Hérouville-Saint-Clair.

Le cœur de Laurène fit un bond. La suite de la conversation vira au cauchemar. Une nouvelle fois, sa vie venait de chavirer. Sa mère venait d'être retrouvée morte dans un accident de voiture. Elle aurait mal négocié un virage et son véhicule avait terminé sa route dans l'Orne, à Colombelles. En raccrochant, la détective éclata en sanglots et balança son téléphone à travers le pub. Alors qu'elle pensait pouvoir respirer, la vie lui infligeait une nouvelle épreuve. Heureusement, ce soir là, elle avait deux amis sur lesquels elle pouvait compter.

EPILOGUE

Dans les films, il pleut toujours aux enterrements. Pas aujourd'hui. En ce triste jour de début octobre, le soleil avait décidé de reparaître. Il dardait ses rayons encore chauds sur les manteaux et les vestes sombres de la soixantaine de personnes venues dire au revoir à Annie. Le cercueil trônait au centre d'un demi-cercle formé par l'assistance. Une dernière prière fut prononcée avant que chacun vienne s'incliner devant la caisse en bois où reposait désormais la femme. Tous passaient un à un et venaient témoigner de leur soutien à Laurène, par un mot gentil ou un regard compatissant. Les yeux embués de larmes, la voix chevrotante, elle susurrait un simple merci. Depuis le début de ce triste rituel, elle étreignait fermement la main de Martin. Elle n'avait pas imaginé une seconde supporter seule cette épreuve. Les témoignages d'affection se poursuivaient et se ressemblaient. Il ne restait plus qu'une poignée de personnes : parmi elles, son père, qu'elle n'avait pas revu depuis seize ans. Il avait bien sûr vieilli mais était toujours élégant. Il avait le visage bouffi par le chagrin. Malgré leur passif, elle fut émue de le voir ainsi et dans de telles circonstances. Lentement, il alla dire adieu à son ex-femme puis s'approcha de sa fille.

- Tu es devenue une belle jeune femme. J'espère te revoir en une autre occasion.

Il avait murmuré ces mots en embrassant Laurène et était parti sans se retourner. Les larmes ruisselaient sur ses joues et Martin lui tendit un mouchoir sans poser de question. Elle aurait tout le temps de lui raconter plus tard.

Tout le monde était maintenant parti et elle dut faire également son adieu à sa mère. Elle lâcha la main du policier et s'approcha, seule, près du cercueil.

- Tu vas me manquer maman. Mais je te fais une promesse, je vais retrouver celle qui t'a fait ça. Car, je ne crois pas une seconde à l'hypothèse d'un accident. Je te le promets, cette horrible femme va payer ! En attendant, je te souhaite une deuxième vie heureuse… et j'espère plus heureuse que celle que tu as vécue avec papa et moi.

Laurène se retourna vers Martin en se mouchant. Derrière le commandant, elle vit une silhouette qu'elle reconnut aussitôt. Elle passa devant le policier et alla voir Océane. Emmitouflée dans un chaud manteau gris, le visage fermé, celle-ci se tenait debout au milieu de l'allée.

- Je suis venue dire au revoir à ma grand-mère que je n'ai jamais connue, dit-elle sans préambule.

Sa voix était neutre, aucune émotion ne transparaissait. Cependant, elle esquissa un léger sourire et reprit :

- J'ai réfléchi et je veux bien apprendre à vous connaitre.

Laurène, qui avait toujours les yeux rougis, lui répondit après un long silence :

- Moi aussi, j'ai pris le temps pour réfléchir Océane. Pendant des mois, je t'ai cherchée. J'avais tellement envie de savoir où tu étais. Etais-tu heureuse ? Qu'étais-tu devenue ? Aujourd'hui j'ai mes réponses et je sais que tu l'es, heureuse. Tu me diras sans doute que ta vie n'est pas parfaite, mais qui peut prétendre en avoir une ?

La détective marqua une pause avant de reprendre.

- Cette réflexion m'a fait aboutir à une vérité. C'est que tu es bien sans moi. Tu n'as pas besoin d'une deuxième mère. De plus, la vie que je mène est bien trop dangereuse pour te laisser y entrer. Tout ce qui t'est arrivé ne se serait jamais produit si je n'avais pas cherché à te connaitre.

- Mais…

- Laisse-moi finir s'il te plait, coupa Laurène. C'est à contrecœur que je te dis tout ça car j'aurais adoré faire partie de ta vie. Passer un peu de temps avec toi. Malheureusement, c'est impossible.

Les larmes ruisselaient sur les joues d'Océane et elle n'arrivait pas à prononcer un mot. La détective poursuivit :

- Je ne chercherai plus à te revoir. Je te conseille d'en faire de même. Nos chemins ne peuvent pas aller dans la même direction. Adieu Océane.

Laurène embrassa sa fille sur la joue. Elle sentit le goût salé de ses larmes et se retourna sans attendre de réponse. Elle aussi, se mit à pleurer. Ce qu'elle venait de dire était dur mais c'était nécessaire, pour sa sécurité. L'adolescente murmura trop faiblement pour que sa mère puisse l'entendre :

- Adieu maman.

Puis, elle se retourna et s'en alla de son côté.

Leurs chemins ne devaient plus se croiser.

Jamais.

***

Job était rentré chez lui. C'est-à-dire dans les rues de Caen. Il s'y sentait bien, comme s'il retrouvait la chaleur d'un foyer. Ses copains étaient là mais il n'avait pas vraiment envie de leur parler. En tout cas, pas tout de suite. Ce qu'il avait vécu ces derniers temps était incroyable et le dénouement l'avait scotché. Depuis, il retournait cette scène hallucinante dans sa tête. Bien sûr, il n'était pas vraiment fier de ce qu'il avait fait avant mais la façon dont tout cela s'était terminé en valait la peine. Lorsqu'il avait été engagé par cette femme, il ne pensait pas que cette mission allait chambouler le reste de sa vie. Le passé lui était revenu en pleine face au moment où il s'y attendait le moins. Une fois revenu dans la rue, il avait ressassé ce moment et il se demandait finalement quoi faire. Devait-il encore se taire, comme hier ou devait-il finalement assumer ses actes ? Il était assis sur son carton et la nuit tombait doucement sur la ville. Aujourd'hui, il n'avait pas vraiment fait recette. Il faut dire que depuis son retour il n'avait pas la motivation pour aller faire la manche. Il avait peur. Peur qu'on le reconnaisse. Il avait honte. Honte de ce qu'il avait fait, il y a tant d'années. Il se gratta la barbe. Qu'allait-il faire ? Devait-il continuer à se cacher ? Il n'en savait rien. Comme si cela allait l'aider, il ouvrit une cannette de 8,6 et commença à l'engloutir. Il posa la bière sur son carton, à côté de lui et mit la main dans la poche intérieure de sa vieille veste en cuir, élimée. Il en extirpa une photographie : un cliché sorti tout droit d'une autre époque. Une époque où il était jeune et insouciant. Il examina l'image. Des larmes coulèrent et glissèrent sur la photo. Sur celle-ci on pouvait voir une charmante jeune fille. C'était voilà seize ans. L'adolescente se nommait Laurène Hugues.

***

La maison d'Annie était silencieuse. Lorsque Laurène était entrée, un flot de souvenirs avait déferlé. Il s'agissait de la maison de son enfance. Elle y venait rarement. Elle n'aimait pas y revenir. Cela lui rappelait trop de mauvais souvenirs. Elle en avait eu des bons, bien sûr, mais les mauvais prenaient le pas. Heureusement, là aussi Martin l'avait accompagnée. Elle déposa la boîte des condoléances sur la table de la cuisine, s'assit sur une vieille chaise en formica sans même retirer son manteau. Le policier fit de même et dit en montrant la boîte :

- Tu veux lire ces mots ?

- Non, je n'en ai pas le coura…

Elle n'eut pas le temps de finir sa phrase, on venait de sonner à l'entrée.

- Qui cela peut-il être ? demanda-t-elle intriguée.

Martin ne répondit pas, il se leva se dirigeant vers l'entrée, imité par Laurène.

- Qui-est-ce ? demanda le policier au travers de la porte.

- Je suis maître Carpentier, dit une voix nasillarde, madame Hugues est-elle ici ?

La jeune femme passa devant Martin et ouvrit la porte. Devant elle se tenait un homme trapu au crâne dégarni. Il avait les yeux fuyants, ce qui ne le rendait pas agréable à regarder.

- Bonjour maître, que voulez-vous ?

- Je suis le notaire de votre mère, elle m'avait demandé de vous remettre cette lettre à sa mort.

Maître Carpentier tendit une enveloppe dont se saisit Laurène.

- Je ne connais pas son contenu, mais je devais vous la remettre sans délai.

- Merci maître.

- Si vous avez besoin, n'hésitez pas à me contacter.

Il avait prononcé ces paroles en tendant sa carte de visite. La jeune femme la prit et le remercia. Il partit sans dire un mot de plus, d'une démarche difficile.

Une fois la porte close, Laurène décacheta l'enveloppe et en sortit une feuille. Martin était derrière elle et ils en découvrirent en même temps le contenu.

Je suis allongé dans mon lit et je ne trouve pas le sommeil. Aujourd'hui, Noémie est revenue poser des questions. Je n'ai rien dit. Je n'ai pas osé. Une nouvelle fois. Laurène est enceinte et elle ne se rappelle pas avec qui elle a couché. Elle ne se rappelle pas de nos ébats, cette nuit-là. Pour moi, c'était la première fois. Mon sexe n'avait pas encore pénétré l'intimité féminine. Je n'ai pas oublié ce moment. Je n'ai pas oublié la douceur de ses seins dans mes mains. La saveur sucrée de sa peau. Son odeur enivrante. Ou était-ce l'alcool qui m'enivrait ? Bien sûr, il me manque quelques instants de cette nuit-là. Mais de cet acte, je me souviens de tout. Bien sûr, j'ai voulu en parler le lendemain. D'abord à Laurène, pour avoir son ressenti. Mais en l'entendant parler de la soirée, elle ne semblait se rappeler de rien. De rien du tout. Même pas de nous dans un lit. Alors après, je ne pouvais pas m'en vanter devant les copains, il n'y avait aucun témoin. Je n'ai donc rien dit.

Par la suite, j'ai appris que Laurène était enceinte. Le souvenir de cette folle soirée m'est instantanément revenu. J'avais mis une fille en cloque ! Moi qui n'avais encore jamais couché ! Mais comment être père à dix-sept ans ? Comment assumer ce rôle ? Laurène et Noémie ont posé des tas de questions. Tout le lycée s'interroge. Qui est le malheureux qui a mis en cloque Laurène ? Qui est l'imbécile qui n'a pas pris ses précautions ? C'est sûr, si j'avouais, on parlerait dans mon dos. Ma vie serait foutue. Là encore je n'ai rien dit.

219

Les jours passent, Noémie est revenue m'interroger sur la soirée. Je m'enfonce dans mon mensonge. Non, ma chère, je n'ai rien vu. Je n'avais pas trop bu. Si j'avais vu quelque chose, je m'en souviendrais, c'est certain. Désolé, je ne peux pas t'aider. J'espère que Laurène trouvera le père de son enfant. Des mensonges, encore des mensonges... Mon père qui me répète, heureusement que ce n'est pas toi, tu aurais pris une sacré raclée. Oui, papa, heureusement, ce n'est pas moi. Encore un mensonge.

Ce soir, je n'en peux plus. Il faut que je parle. Mais à qui ?

J'ai donc pris mon crayon et une feuille et je me suis mis à écrire.

J'en suis là. J'en suis à parler à personne ou plutôt à écrire pour personne.

Juste pour libérer ma conscience.

Pour que je puisse vivre en paix avec mes mensonges.

Le mot était signé, de deux lettres... FX.

REMERCIEMENTS

Je remercie Anaïs, Marijo, Marie-Andrée et Jacques, mes relecteurs de choc. Un merci particulier à Alain et Annick pour leur tuyau et à Gwendal pour la création de la couverture. Un grand merci également à ma famille, mes amis et mes collègues qui m'ont encouragé à poursuivre les aventures de Laurène. Enfin, je remercie chaleureusement mes lecteurs pour leurs retours bienveillants.